「……じゃあ、こんな感じで」
俺は雛子の髪を、二つに結んでみた。
「おおお……満足」

「勝ったら伊月と一緒に出かけるとかはどうだ？」
都島成香《みやこじまなりか》
スポーツ万能、見た目クールで
中身泣き虫なお嬢様。
幼い頃に伊月にお世話されていた
時期がある。
競技大会を前に友達を増やすため、
伊月に泣きついた。

「……いいでしょう」
此花雛子
このはなひなこ
表向きは品行方正だが、
実は怠け者で甘えん坊。
天王寺さんの時のことを反省し、
今回はなるべく伊月から
離れないようにしている。
「え、俺？」
友成伊月
ともなりいつき
雛子に気に入られてお世話係となり、
学院にも慣れ始めた一般庶民。
昔なじみの成香のため、
友達作りに協力する。

「ふふっ……流石にこれは、
私の特権だろう」
成香が相手だと俺は気楽でいられた。
この穏やかな一時を、
ずっと過ごしていたいとすら思う。

才女のお世話 3

高嶺の花だらけな名門校で、
学院一のお嬢様（生活能力皆無）を
陰ながらお世話することになりました

坂石遊作

HJ文庫
1002

口絵・本文イラスト　みわべさくら

プロローグ

朝。

此花《このはな》家の屋敷《やしき》で目を覚ました俺《おれ》は、すぐに学生服に着替《きが》えて部屋の外に出た。

「おはようございます」

「伊月《いつき》さん。おはようございます」

此花家のメイドさんと挨拶《あいさつ》を交《か》わしながら、俺は使用人の仕事を行う。

まずは掃除《そうじ》だ。……早朝に目を覚まし、この広々とした屋敷を掃除するのは中々大変なことだが、ようやく慣れてきた。

階段の手すりを布巾《ふきん》で拭《ふ》く。

学院に向かうまで、あと一時間強。もう一踏《ひとふ》ん張りだ。

「静音《しずね》さん、おはようございます」

「おはようございます」

掃除の途中《とちゅう》、メイド長を務める静音さんと顔を合わせたので挨拶する。

静音さんは廊下《ろうか》の置物を手入れしていた。

「伊月さん。そちらの花瓶《かびん》を持っていただいてもよろしいですか？」

「分かりました。……よっと」

意外と重たかった花瓶をしばらく抱《かか》えている。

その間に静音さんは、花瓶を置いていた台の表面を布巾で拭《ぬぐ》った。

「その花も、そろそろ替《か》えなくちゃいけませんね」

花瓶に挿《さ》さった白い切り花を見て、静音さんは呟《つぶや》いた。

「これって、確か二週間くらい前に用意したアジサイですよね？」

「ええ。長く保ってくれましたが、そろそろ寿命《じゆみよう》です。……もう七月ですし、次はサンダーソニアあたりで鮮《あざ》やかな見た目にするのもいいかもしれませんね」

メイド長の静音さんは、屋敷のインテリアの管理も行っている。

六月は白いアジサイを飾《かざ》っていたが、今月からはまた別の花にするようだ。

花の知識は俺にはない。これだけ広い空間で、調和のとれたインテリアを選ぶ技術も俺にはない。

使用人の仕事には慣れていたと思ったが……まだまだ学ぶべきことは多いようだ。

「おや、伊月君。今日はメイド長のお手伝いですか？」

花瓶を台に戻《もど》した後、横合いから声を掛《か》けられた。

廊下の向こうから歩いていた執事服《しつじ》の男性に、俺は軽く頭を下げる。

「おはようございます、オリバーさん」

執事長を務めるオリバーさんは、ドイツ人だが日本語も喋《しゃべ》れる。歳《とし》は五十代だと言っていたが、スリムな体型を維持《いじ》しており、かつ背筋が真《ま》っ直《す》ぐ伸《の》びているため、老いている印象はあまりない。貫禄《かんろく》が滲《にじ》み出ている人だ。

「オリバーさん。食器類の整理は……」

「先程《さきほど》済みました。この後、朝食の用意をするつもりですが、少し人手が足りていないので誰《だれ》かに手伝ってもらおうかと思いまして」

静音さんの問いかけに、オリバーさんが答える。

オリバーさんは目だけで俺を見た。

丁度、俺はそろそろ手が空きそうだ。手伝った方がいいだろうか……？

「伊月さんはまだ調理場の経験が浅いので、私が行きましょう」

静音さんが答える。

オリバーさんは「ではお願いします」と柔《やわ》らかく微笑《ほほえ》みながら頷《うなず》いた。

「伊月さん。お嬢様《じょうさま》を起こしに行っていただいてもよろしいですか？」

こちらを振《ふ》り向いて静音さんが言う。

そういえば、そろそろ雛子《ひなこ》が起きる時間か。しかし……。

「俺が行っていいんですか？　この前、俺には起こされたくないと言ってましたけど」

「心配ご無用です。あれは別に、伊月さんを嫌《きら》ってのことではありませんから」

まあ確かに、嫌われているわけではなさそうだと感じていたが……だとすると何が原因なんだろうか。未《いま》だに分からない。

しかし静音さんが忙《いそが》しいなら、俺が引き受けるべきだろう。

「伊月君、お嬢様のことは任せたよ」

オリバーさんが俺を見て告げた。

「お世話係は執事でもメイドでもない。お世話係は、お嬢様の隣《となり》に立って、お嬢様と対等な立場で身の回りの世話をする存在だ。……私たちにその仕事は務まらない。だからお嬢様のことは、君に任せる」

「……頑張《がんば》ります」

オリバーさんの言葉を胸に刻んで、俺は雛子の部屋に向かった。

掃除の時と比べて、微《かす》かに気持ちが弾《はず》む。

今更《いまさら》だが、お世話係というのは変わった肩書《かたが》きだ。

そんな肩書きをつけられて、三ヶ月も働いていたからか……俺は雛子のお世話をすることに、やり甲斐《がい》を感じるようになっていた。

「雛子、起きてるか？」

念のためドアをノックして尋《たず》ねる。

案の定、返事はないため、俺は静かにドアを開いて部屋に入った。

（相変わらず、気持ちよさそうに寝《ね》ているな）

雛子はよく眠《ねむ》るので寝顔《ねがお》は何度も見ているが、朝、雛子の部屋でその顔を見るのは久々だった。いい夢でも見ているのだろうか、とても幸せそうだ。

「雛子、朝だぞ」

部屋のカーテンを開きながら、雛子に呼びかける。

暖かい日差しが雛子の顔を照らした。

「んぅー……眩しぃ」

雛子は目元を手で隠《かく》す。

「もうすぐ朝食もできるから、顔を洗ってこい」

「んぁーぃ」

ふにゃふにゃな返事が聞こえた。

ゆっくり上半身を起こした雛子は、目を閉じたまましばらく硬直《こうちょく》した。

「着替《きが》え、置いとくぞ」

再び眠ってしまう前にさっさと準備を済ませてやろう。

クローゼットの中にあった貴皇学院《きおうがくいん》の制服を取り出し、テーブルに置いた。

「着せてー……」

雛子が眠たそうに言う。

「いいのか？　俺が着せて」

「んー……？　なんで……？」

雛子が目元を軽く拭いながら訊《き》いた。

ふわぁ、と大きな欠伸《あくび》をした雛子は、円《つぶ》らな目で俺を見て……首を傾《かし》げる。

「……あれ？　…………伊月？」

「おはよう、雛子」

多分、今起きたんだろうなぁ。

「どうして……伊月が……？」

「静音さんが手を離《はな》せない状況《じょうきょう》だから、代わりに俺が来たんだ」

そう言うと、雛子は寒さから逃《に》げる熊のように、のそのそと布団《ふとん》の中に潜《もぐ》った。

「……なんで布団の中に隠れるんだ？」

「だって……寝癖《ねぐせ》とか……変かも、しれないし……」

「今更気にしないぞ？」

「……私が、気にする」

布団の隙間《すきま》から見える雛子の顔が、微かに赤く染まっていた。

それなら、と俺は洗面所に向かい、幾《いく》つかの道具を取ってきた。

「ここに座《すわ》ってくれ。寝癖、直してやる」

椅子《いす》をベッドの近くに運んで言う。

雛子は渋々《しぶしぶ》といった様子で椅子に腰《こし》を下ろした。

寝起《ねお》きとは思えないほど、サラリとした髪《かみ》が垂れていた。こんなの手入れなんて必要ないんじゃないかと思ったが、本人が気にしているなら直してやろう。

寝癖直しで軽く髪を湿《しめ》らせた後、ドライヤーをあてながら櫛《くし》で髪をとく。

「こんな感じか？」

「ん……いい感じ」

目の前の鏡を見ながら、雛子は頷いた。

さながら気分は美容師である。

(雛子の髪を扱《あつか》うことにも、慣れてきたな……)

何に慣れているんだ俺は……と冷静な自分がツッコミを入れる。

「これ……いいかも」

「ん？」

「伊月に、こうやって髪を触《さわ》ってもらうの……好きかも」

それはまた変わった感想だ。

そう思ったが、口には出さなかった。

何故《なぜ》なら、俺も似たようなことを思ったからだ。

窓から射《さ》し込《こ》む朝日を浴びながら、こうしてゆっくり雛子の髪に触《ふ》れていると、なんだか穏《おだ》やかな気持ちになる。

(まさか、俺は髪フェチだったのか……？)

そんなことはないだろうと自分に言い聞かせた。

「じゃあ、もう寝癖なんて気にするな」

俺が雛子の傍《そば》にいるのは、雛子が気を抜《ぬ》いてもいい居場所を作るためである。

だから、できれば気にしないでほしい。

「……伊月は、髪がボサボサな私を見ても、みっともないって思わない……？」

「思わない」

断言すると、雛子は小さく首を縦に振った。

「じゃあ……気にしない、ことにする……」

そう言って雛子はベッドに戻り、

「だから……もう一回、寝る……」

「それは駄目《だめ》だ」

寝癖は許すけど、寝坊《ねぼう》は許しちゃ駄目だった。

その後、雛子が着替えるタイミングで俺は部屋を出て、また使用人の仕事に戻った。

最後に登校の準備を整え、朝食を食べた雛子と合流する。

「では、本日も学院へ向かいましょう」

静音さんが車の助手席に乗った。

俺と雛子は後部座席に入る。車での登下校にもすっかり慣れた。

「混んでいますね。……他の道を使いましょうか」

静音さんがそう呟くと、運転手が無言で頷き、いつもは真っ直ぐ通り抜ける道を車が右折した。

窓の外に、見慣れない景色が広がる。

細い路地の入り口が見えた。

その奥《おく》に小さな店がある。

（……駄菓子屋《だがしや》か）

最近、足を運んでいない。

俺でなくても、歳をとれば自然と遠退《とおの》いてしまう類《たぐ》いの店だ。

それでも俺にとっては、思い入れのある場所である。

（成香《なりか》は、どうしてるかな……）

遠い親戚《しんせき》の少女。

幼い頃《ころ》、俺が雛子よりも前にお世話していた彼女《かのじょ》は、今日も元気に過ごしているだろうか。

一章　◆　競技大会と成香の憂鬱

「三週間後、競技大会があります」

Ａ組の担任教師である福島《ふくしま》先生が、俺たち生徒に告げた。

「各競技については、お手元にある冊子でご確認《かくにん》ください。全員参加ですので、今週中に参加する競技を決めて申請《しんせい》してくださいね」

手元の冊子を捲《めく》りながら、先生の話を聞く。

これは……また随分《ずいぶん》と凝《こ》ったイベントだ。

一限目の授業が始まっても、俺の頭の中はしばらく競技大会のことでいっぱいだった。

そして、昼休み。

俺はいつも通り、旧生徒会館の屋上で雛子《ひなこ》と一緒《いっしょ》に弁当を食べていた。

「競技大会か……」

厚焼き玉子を食べながら、俺は呟く。

「伊月《いつき》が通っていた高校には……こういうの、なかったの……？」

「いや、あったにはあったけど、こんな規模ではなかったな」

合鴨《あいがも》の燻製《くんせい》を箸《はし》で挟《はさ》む。

俺はそれを、雛子の口に運んだ。

「ん。……美味《おい》しい」

雛子はふにゃりと可愛《かわい》らしい笑《え》みを浮《う》かべた。

シェフがその感想を聞いたら喜ぶだろう。

雛子と色々相談したかったので、俺は競技大会の冊子を持ってきていた。床《ゆか》に置いた冊子を、ぺらぺらと捲る。

「この学院のグラウンドだけでも広いと思っていたけど、競技大会では更《さら》に会場が複数に分かれているんだな。……ゴルフや乗馬、スケートまであるのか」

つまりゴルフ場や牧場、スケート場があるということだ。しかも驚《おどろ》くことに、それらの会場はレンタルではなく、元々学院が所持している土地らしい。

どんだけ土地を持っているんだ、この学院は……。

「伊月、次はちょっと甘《あま》いの……」

「はいはい」

先に自分で食べて確かめてみる。

錦糸《きんし》玉子、かぼちゃも甘くて美味しかったが、黒花豆の甘煮《あまに》が特に美味しかった。豆を一粒箸《つぶはし》で持ち上げ、雛子の口へ運ぶ。

「んふー……美味しい」

「豆くらい自分で食べたらどうだ」

「やーだー……」

一粒一粒食べさせてやるのは時間がかかる。

そう思っていると、弁当の端《はし》にスプーンが置かれていた。

折角《せっかく》なのでこれを使わせてもらう。

「伊月は……そんなに心配しなくてもいいと思う」

豆をまとめて咀嚼《そしゃく》しながら、雛子が言う。

「どういう意味だ？」

「競技大会は、わりとカジュアルだから……手を抜く人も、沢山《たくさん》いる」

そうなのか。

いや、でも確かに冊子の内容からも、カジュアルな雰囲気《ふんいき》は感じられた。競技大会は成績に影響《えいきょう》しない。結果を出すことよりも楽しむことを優先しているように思える。

少し気が楽になった。

競技大会があるからといって、学院の雰囲気が変化することはなさそうだ。

「じゃあ雛子も、適当にやり過ごす感じか？」

「そうしたいけど……私は、優勝を狙《ねら》わなくちゃいけないから」

その言葉に俺は目を丸くした。

「それは、華厳《かげん》さんの指示か？」

「そう。……だるー……」

へなーっと雛子が脱力《だつりょく》する。

いくらカジュアルなイベントといっても、優勝を狙うのは厳しそうだ。

「ちなみに、前回はどうだったんだ？」

「優勝した。……とても、疲《つか》れた」

錦糸玉子をむしゃむしゃと食べながら告げる雛子に、俺は驚愕《きょうがく》した。

時折忘れそうになるが、やはり雛子は才女だ。

このエリートたちが集う学院の中でも、雛子の能力は群を抜いている。

（華厳さんの指示も、丸々否定はできないんだよな……）

これほど能力が高いなら、腐《くさ》らせるのは勿体《もったい》ない。そういう親心は分からなくもない。

それでも、俺は雛子の味方だ。

できる範囲《はんい》で雛子の負担を減らそう。

「雛子はどの競技に参加するんだ？」

「去年と同じ、テニス。……人が多くて、優勝した時の注目も浴びやすいから」

まあ確かに、ゴルフやスケートなどと比べるとテニスは参加者が多そうだ。

「じゃあ俺もテニスに出ようかな」

「……できるの？」

「昔、知り合いと一緒にやっていた時期があってな」

とある幼馴染《おさななじ》みに誘《さそ》われて何度か遊んだことがある。

その少女はテニス部に入っていたので、放課後、偶《たま》に練習に付き合わされていた。

夕暮れに染まった公園で、適当にボールを打ち合っていたあの頃が懐《なつ》かしい。

こぢんまりとした公園だったから満足に走れなかったし、すぐにボールが茂《しげ》みの中に入ってしまって苦労した。今の俺が雛子たちとそういうことをするとしたら、きっと大きくて綺麗《きれい》な施設《しせつ》の中でやることになるだろう。便利には違《ちが》いないし、当時の俺からすると羨《うらや》ましく感じるだろうが、日常がすっかり変わってしまったことに郷愁《きょうしゅう》を感じる。

その時、何かが振動《しんどう》する音が聞こえた。

「雛子、電話きてるぞ」

「……ほんとだ」

雛子はスカートのポケットからスマホを取り出す。

通話開始ボタンを押《お》した雛子は、すぐにスピーカーモードに切り替えた。

『お嬢様、少々よろしいでしょうか？』

「んぃ」

雛子がこくりと頷く。

電話の相手は静音《しずね》さんらしい。

『そろそろ始まる競技大会についての話です。例年通りテニスのコーチを雇《やと》う予定でしたが、実は担当の方が先日捻挫《ねんざ》してしまい、対応が難しいようでして。今、代わりのコーチを探していますが、場合によっては他の競技に参加した方がいいかもしれません』

タイムリーな話だったが、いい話ではなかった。

「参加しないという線も、ワンチャン……」

『ノーチャンスです』

「んぇー……」

『競技大会は、お嬢様が文武両道であることをアピールする絶好の機会です。こればかりは華厳様も妥協《だきょう》してくれないでしょう』

たとえ競技大会が成績に影響しなくても、大きなイベントには違いない。

競技大会で優勝すれば、雛子の完璧《かんぺき》なお嬢様という印象はより強固になるだろう。

『それに、お嬢様にとっても身体を動かすのはいいことですよ。最近、伊月さんと一緒にお食事を楽しめるようになったせいか、ちょっと太ってきたような――』

「んあ……っ⁉」

急に雛子が変な声を出した。

そのせいで静音さんの言葉が途中から聞こえなかったが……何の話をしていたのだろう。

顔を真っ赤に染めた雛子は、スマホを持って俺から離れた。

『お嬢様？』

「い、今、伊月がいるから……あんまり、そーゆーことは……っ」

『なるほど。でしたら尚《なお》のこと、身体を動かした方がよろしいですね』

「ん、うぅ……むぅ……」

雛子がこの上なく複雑な顔をした。

『伊月さん、いますか？』

静音さんが俺を呼んだ。

雛子がスマホを俺に渡《わた》してくる。

「代わりました」

『伊月さんは競技大会で何に参加するつもりですか？』

「雛子に合わせようと思っていますが……」

『承知いたしました。伊月さんの場合、無理してボロを出さないよう注意してください』

「……そうですね。気をつけます」

先月のことを思い出す。

俺は天王寺《てんのうじ》さんに正体がバレたばかりだ。

競技大会には多くの生徒が参加する。衆目の前で下手を打つと、此花《このはな》家の……雛子の迷惑《めいわく》になるかもしれない。

『とはいえ伊月さんは運動神経がありますから、普通《ふつう》の競技でしたら大体問題ないでしょう。馬術競技などは控《ひか》えた方がいいかと思います』

言われなくても控える気、満々である。

ちょっと興味はあるが、別に競技大会でやる必要はない。

静音さんとの通話を終えて、スマホを雛子に返す。

「雛子、どうする？」

参加する競技とか、テニスのコーチとか。

諸々《もろもろ》の方針を確認するための問いかけだったが、雛子は何故か、自分のお腹《なか》を軽く触りながら焦燥《しょうそう》していた。

脇腹《わきばら》の肉を摘《つ》まんだ雛子は、冷《ひ》や汗《あせ》をかく。

「……伊月」

「ん？」

「最近の、私……どう？」

何を尋ねられているのか分からない。

俺は首を傾げた。

「ちょっとだけ……丸くなった、とかは……ない？」

丸くなったとは……ああ、体型のことを言っているのか。

「言われてみれば、少し肉がついたかもな」

「っ」

でも雛子は元々細い方だったし、そのくらいでいいんじゃないか……と思ったが、雛子は絶望的な表情を浮かべた。

「……優勝、する」

雛子は、拳《こぶし》を握《にぎ》り締《し》めて言った。

「私……優勝、する……っ!!」

「お、おう」

急にやる気を出す雛子についていけないが、なんにせよやる気があるのはいいことだ。

昼食を終えた俺たちは、弁当箱を片付けて校舎に戻ろうとする。

「待った。雛子、口元にご飯粒《つぶ》がついてるぞ」

「んぃ……」

ハンカチで雛子の口元を拭う。

危《あや》うく雛子の、完璧なお嬢様というイメージに泥《どろ》を塗《ぬ》るところだった。

改めて俺たちは校舎へ向かった。

(しかし、問題はどの競技に参加するかだよな。雛子も優勝を狙うなら、慣れているテニスにした方がいいと思うけど……)

そしてその場合、俺もテニスへ参加することになる。

静音さんが話していたコーチの不在は気になるが、俺としてもできれば馴染《なじ》みのある競技に出たい。なんとか代わりのコーチは見つからないだろうか。

「い、伊月……っ!!」

渡り廊下を歩いている俺に、誰かが声を掛けた。

振り返ると、そこにいたのは――。

「成香？」

黒い長髪《ちょうはつ》を一つに結んだ少女、成香が俺に近づいてきた。

「どうしたんだ？　そんなに焦《あせ》った様子で」

「……伊月、競技大会について話は聞いているか？」

「今朝HRで先生から聞いた程度だけど……」

そう答えると、成香は瞳《ひとみ》を涙《なみだ》で潤《うる》ませながら、俺の両肩《りょうかた》を掴《つか》んだ。

「頼《たの》む、伊月！　――助けてくれっ！」

◆

「競技大会が怖《こわ》い？」

成香が口にした言葉を、俺はそっくり疑問形で返した。

妙《みょう》な話である。

運動神経だけなら雛子にも負けない……いや、間違《まち》いなく貴皇学院《きおうがくいん》で随一《ずいいち》であろう成香が、競技大会を怖いと言うなんて。

「都島《みやこじま》さんは、スポーツが得意だったと思いますが」

「あ、いえ、そそそ、そうなんですが……っ」

雛子が俺と同様の疑問を口にする。

すると成香は、緊張《きんちょう》した面持《おもも》ちで頷いた。

「お茶会や勉強会で一緒だったんだし、そんなに緊張しなくてもいいだろ」

「こ、こればかりは私が正しい気がするぞ！　普通、此花さんが相手なら、このくらい緊張するものだ！」

それは、そうかもしれない。

素の雛子を知っている俺は、雛子に対して緊張しにくい。

「……話を戻すぞ」

コホン、と成香はわざとらしく咳《せき》をして言った。

「私は去年、競技大会で剣道《けんどう》部門に参加したんだ」

剣道か。

それならきっと――。

「優勝しただろ？　成香は武道が得意だもんな」

「……ああ。優勝はした」

胸を張って自慢《じまん》できることのはずだが、成香は何故か歯切れの悪い返事をした。

成香は家が最大手スポーツ用品メーカーであるため、幼い頃からスポーツに精通している。とくに武道に関しては天賦《てんぷ》の才を宿していた。

成香の家は道場も経営しており、成香は幼い頃からあらゆる武道を叩《たた》き込まれていたのだ。少なくとも同い年に負けることはないだろう。

「優勝はしたが……問題が起きた」

成香は、目を伏《ふ》せて語った。

「あまりにも派手に勝ちすぎたせいか、皆《みな》に怖がられてしまったんだ。……今思えば、あれが切っ掛けで私はぼっちになったような気もする」

そうだったのか……。

どうりで、華々《はなばな》しい成果を残したわりには暗い顔をしているわけだ。

「まあ、切っ掛けは多分違う気もするけど。成香は昔からぼっちだったし」

「そそそんなことないだろう！　私だって、過去には友達の一人や二人……い、いたかもしれないだろ……っ！」

いなかった言い方である。

「と、とにかく、私にとってはそれがトラウマなんだ！　だから競技大会が怖い……私はただ皆と楽しみたかっただけなのに、どうしてこうなってしまったんだぁ……っ！」

成香は頭を抱えた。

相当困っているらしい。

（しかし、助けてくれと言われてもなぁ……）

俺に何ができるだろうか？

「取り敢《あ》えず、今年は剣道以外に出たらいいんじゃないか？」

「……いや、私は今年も剣道に出ることになった。今朝のＨＲで、満場一致《まんじょういっち》で決まってしまったんだ。……正確には私以外の満場一致だが」

周囲の圧力に負けてしまったらしい。

（結局、成香の悩《なや》みはそういうところだよな……）

周囲の圧力に負けてしまったという話を聞いて、察する。

成香の周りには、成香の理解者が少ない。だから問題が起きる。

俺たちが同じクラスだったらフォローできたかもしれないが……それだけでは意味がない。進級、進学後のことを考えると、俺たち以外の人脈も作った方がいいだろう。

「……よし」

元々、成香が悩んでいることは知っていた。

お世話係として働き始めて、早三ヶ月。

多少の余裕《よゆう》もできたし、成香の力になってやりたい。

「成香、競技大会までに友達を作ろう。俺も手伝うから」

「ほ、ほんとかっ⁉」

目を見開く成香に、俺は「ああ」と頷いた。

「その代わりに、俺と此花さんにテニスのコーチをしてくれないか？」

そんな俺の提案に、成香はきょとんとした。

◆

放課後、俺は早速《さっそく》静音さんに、成香にコーチになってもらうという案を伝えた。

「なるほど。それはいい案ですね」

静音さんはあっさり許容した。

どうやら静音さんも、成香の運動能力は買っているらしい。成香のスポーツに関する成績は貴皇学院でもかなり有名だから、学外にも評判が届いているのだろう。

「華厳さんも許してくれるでしょうか？」

「問題ないと思いますよ。多少、複雑だとは思いますが」

複雑……？

「都島成香様は、ことスポーツの分野に関してはお嬢様を凌駕《りょうが》していますからね。完璧なお嬢様という体裁《ていさい》を作る際、立ちはだかる難敵と成り得るんです」

「……なるほど」

つまり、雛子のライバルのようなものか。

身分や学力に関しては天王寺さんがライバルだが、スポーツに関しては、成香は本当に素晴《すば》らしい成績を残している。

（成香は、華厳さんに脅威《きょうい》とみなされているのか……本人が聞いたら卒倒《そっとう》しそうだな）

どちらかと言えば誇《ほこ》らしいことだが、成香の場合はただただ困惑《こんわく》しそうだ。

一先《ひとま》ず、これで正式に俺《おれ》たちのコーチは成香に決定した。

とはいえ、雛子は去年テニス部門で優勝しているため、元々それほどテニスの練習に時間を割《さ》くつもりはなかったらしい。コーチに指導してもらうというのも、鈍《にぶ》った勘《かん》を取り戻す程度の目的だったようだ。

というわけで、俺たちはまず成香の問題を解決することにした。

……翌日。

放課後のHRにて、俺と雛子は参加する競技を先生に伝えた。

「友成《ともなり》君と此花さんはテニスですね。承《うけたまわ》りました」

提出した書類を、福島先生がチェックしてくれる。

テニス部門はシングルスとダブルスのどちらもあるが、男女別だ。つまり俺と雛子がダブルスを組むことはできない。

よって俺たちは共にシングルスを選んだ。俺は組む相手がいないし、雛子の場合は誰かと組むよりも一人で試合に臨《のぞ》んだ方が気疲《きづか》れしないだろう。

「お、友成はテニスか」

ふと、背後から声を掛けられる。

大正《たいしょう》と旭《あさひ》さんが、俺たちの後ろに立っていた。

「此花さんは去年もテニスだったね」

旭さんの発言に、雛子は「ええ」と上品に頷いた。

「二人は何を選んだんですか？」

「俺はスキーだな」

「アタシはダンスだね」

大正と旭さんは、それぞれ提出書類を俺たちに見せて言った。

確かに、そこには「スキー」「ダンス」と記入されている。

「この中だと、会場が違うのは俺だけか」

大正がどこか残念そうに言う。

テニスとダンスは、この学院の敷地内《しきちない》で行われる競技だ。しかしスキーは、遠くにある山で行う手筈《てはず》らしい。

「というか、この時期にスキーなんてできるんですか？」

「サマーゲレンデってやつだ。滑走《かっそう》用のマットを敷《し》いて、その上で滑《すべ》るやつだな。転《こ》けると痛いから、あんまりスピードは出せねぇけど」

そんなのがあるのか……。

「アタシは競技大会が始まる時に、グラウンドでダンスを披露《ひろう》するから、皆よかったら見に来てね！」

「楽しみにしています」

ダンス部門は競技大会の開催《かいさい》と同時に、グラウンドでダンスを披露する。昨日もらった冊子によると、例年華々しいダンスで大会を盛り上げてくれるらしい。

それ以外にも、複数のチームに分かれてダンスのクオリティを競《きそ》うようだ。中々ハードな部門である。

大正たちは書類を提出しに行く。

二人と別れた俺たちは、教室の外に出た。

「さて、じゃあ成香のところへ行くか」

いつもならすぐに帰るところだが、今日からしばらくは成香と共に過ごすことになる。

成香は隣《となり》のB組の教室にいるだろう。

そのままB組へ向かおうとして……その前に、隣の雛子を見た。

「雛子はどうする？　先に帰ってるか？」

「……私も行く。……天王寺さんの時みたいに、なるのも嫌《いや》だし……」

天王寺さんの時というのは、どういう意味だろうか。

首を傾げる。しかし雛子は何も補足しなかった。

「特に……都島さんは、要注意」

「要注意って、なんでだ？　別に成香は雛子が困るようなことはしてないと思うが……」

「……伊月、都島さんの前だと、ちょっと変わるから」

「変わる？」

訊き返すと、雛子は複雑な表情で「ん」と頷《うなず》いた。

「なんか……自然な、感じがする」

「あんまり自覚はないが……まあ、子供の頃はだいぶ気軽な距離《きょり》感で接していたからなぁ」

客観的には気軽というわけではなかったが、要は俺自身の気持ちの持ちようだ。

あの頃の俺は、成香の家がそんなに凄《すご》いとは思わなかったし、自分たち家族の置かれている状況もそれほど詳《くわ》しく把握《はあく》していなかった。

思い返せば肝《きも》が冷える。

子供の頃はある意味、肝が据《す》わっていた。

「…………ズルい」

小さな声で、雛子が呟《つぶや》いた。

唇《くちびる》を尖《とが》らせる雛子に、ますます俺は首を傾げた。

「あら、友成さんに此花さん」

廊下《ろうか》の先から、金髪《きんぱつ》縦ロールの少女に声を掛《か》けられる。

「こんにちは、天王寺さん」

「ええ、こんにちは」

挨拶《あいさつ》すると、天王寺さんは柔《やわ》らかく微笑《ほほえ》んだ。

心なしか、その表情は以前と比べて少しだけ柔らかくなったような気がする。

自信に満ち溢《あふ》れた様子はそのままで、更に友好的な意思が含《ふく》まれているように感じた。

「お二人はもう、どの競技へ参加するか決めましたの？」

天王寺さんが訊《き》いた。

今はどこもかしこも競技大会の話題でいっぱいだ。

「俺たちはテニスにしました。天王寺さんは？」

「わたくしはポロですわ！」

堂々と宣言する天王寺さん。

「ポロって確か、馬に乗る競技ですよね」

「ええ！　簡単に説明すると、馬に乗ってホッケーをする競技ですわね」

非常に分かりやすい説明だ。おかげでイメージもできた。

競技大会の冊子には、各競技の説明もざっくりと記載《きさい》されていた。ポロとは、広く普及《ふきゅう》しているポロシャツの起源となったスポーツであり、馬に乗りながらスティックでボールを動かし、相手のゴールに入れることで点を取り合うものだ。

「ポロはとても刺激的《しげきてき》な競技ですわ。広いフィールドを縦横無尽《じゅうおうむじん》に駆《か》け回りますから、人も馬も疲労《ひろう》しますの。同じ馬に乗り続けると馬を酷使《こくし》してしまうため、時間ごとに馬を交《こう》換《かん》しなくてはならないルールがあるほどですわ」

「それは、過激ですね」

「ええ。だからこそのやり甲斐《がい》がありますの」

天王寺さんの瞳がメラメラと燃えていた。

相変わらず、勝負事が好きな人だ。

「お二人もどうです？　折角ですから、わたくしと一緒にポロに参加しませんか？　今ならまだ参加する競技も変更《へんこう》できるでしょうし」

「……遠慮《えんりょ》しておきます。俺、馬に乗ったことすらありませんし」

静音さんが警戒《けいかい》している、確実にボロが出るタイプの競技だ。

やんわりと断ると、天王寺さんは微《かす》かに恥《は》じらいながら、

「それなら、その……ま、またわたくしが教えてさしあげても、よろしいですわよ！」

頬《ほお》を薄《うつす》らと赤く染めながら、天王寺さんは言った。

「貴方《あなた》の直向《ひたむ》きな性格なら、なんでも身に付けられますわ。馬に乗ることくらい、このわたくしが……て、手取り足取り、教えてさしあげますのっ！」

それはきっと、ダンスを教えてくれた時のように。

或《あ》いはマナーを教えてくれた時のように、本当に丁寧《ていねい》に教えてくれるのだろう。

それはそれで……充実《じゅうじつ》した毎日だ。

目的を全部忘れて、一瞬《いっしゅん》、天王寺さんとの日々を想像した。

するとーー。

「謹《つつし》んでご遠慮させていただきます」

俺の代わりに、雛子が丁寧にお断りする。

天王寺さんは一瞬、目を丸くしたが、すぐに頷いた。

「そうですの。では友成さんだけでも是非《ぜひ》ーー」

「謹んでご遠慮させていただきます」

天王寺さんの言葉を遮《さえぎ》るように、雛子はピシャリと言った。

雛子は、自分に関してのみ断っているわけではない。

俺のことも含めて断っているのだ。

天王寺さんの額に、青筋が立つ。

「此花さん。わたくしは、友成さんに訊いているのですが……」

「友成さんは私と、一緒に、テニスに参加する予定ですので」

雛子は上品に、優《やさ》しく微笑みながら言った。

天王寺さんの顔が引き攣《つ》る。

「一、緒、に、ですの？」

「ええ。一、緒、にです。一、緒、に、二、人、で決めました」

雛子は終始、上品な笑みを浮かべていた。

流石《さすが》、演技は一流だ。その表情が揺《ゆ》らぐことは微塵《みじん》もない。

けれど何故《なぜ》だろう、今の俺にはそれが、天王寺さんを牽制《けんせい》しているように見えた。

「ふふ、ふふふ……決着をつけなければならない項目《こうもく》が、一つ増えましたわね……っ!!」

天王寺さんは、額にたくさんの青筋を立てながら言った。

しかし、やがて理性で感情を抑《おさ》えてみせる。

「……今回は見逃《みのが》してあげましょう。わたくしはポロ部門のチームメイトを、優勝へ導く使命がありますの」

天王寺さんは悔《くや》しそうに言った。

俺の周り、優勝争いに食《く》い込《こ》んでいる人たちが多すぎないだろうか……。

「ところで、お二人はどちらへ向かっていますの？」

「ええと、ちょっと成香から相談を受けていまして……」

一応、個人的な話なので詳細《しょうさい》は説明しないでおく。

「何か問題があるようでしたら、わたくしを頼《たよ》りなさい」

天王寺さんは胸に手をやり、優雅《ゆうが》なポーズを決めて言った。

「そうしたいのは山々ですが……今回は多分、天王寺さんは向いてないので」

「向いてない？」

ピクリ、と天王寺さんの眉《まゆ》が動いた。

「わたくしに向いてないことはありませんわ！」

「……じゃあ例えばですが、友達が欲《ほ》しくて悩んでいる人がいるとして、天王寺さんはどうアドバイスしますか？」

「そんなの簡単ですわ！　友達になってほしいと頼めばいいのです！」

「えーっと……お先に失礼します」

「友成さんっ⁉」

立ち去る俺に、天王寺さんは「何故⁉」と言わんばかりに目を剥《む》いた。

天王寺さんはコミュニケーション能力がずば抜《ぬ》けている。それは長所だが、おかげで成香の問題には共感しにくいだろう。

改めて、俺は雛子と一緒にB組の教室へ入った。

「こ、此花さんだ……っ」

「私たちのクラスに何の用だろう……？」

教室が色めき立つ。

普段《ふだん》、雛子はB組の教室を訪《おとず》れることがないため、生徒たちは驚いていた。

あまり長居しては、足止めされてしまいそうだ。

教室の片隅《かたすみ》で教科書を鞄《かばん》に詰《つ》めていた成香を見つけ、無言で手招きする。

「伊月っ！」

成香は目を輝《かがや》かせて、こちらへ近づいてきた。

「み、都島さんが、人と会話を……っ⁉」

「誰《だれ》だ、伊月って……？」

教室の生徒たちが更に動揺《どうよう》した。

人と会話するだけで驚かれるのか、あいつは……。

とにかく、成香との合流は済んだのですぐに移動する。成香に名を呼ばれたせいか、視線が無数に突《つ》き刺《さ》さって少々居たたまれない。

最後に雛子が軽く一礼すると、生徒たちは見惚《みと》れたまま石像の如く硬直《こうちょく》した。

「それじゃあ、始めるか」

人通りが少ない庭園のテーブル席に、俺たちは集まった。

今は七月。初夏が終わり、少しずつ暑くなってくる頃《ころ》。

長々と話すつもりはないので、特にお茶などの用意はしていない。しかし気温が思ったより高いため、軽く喉《のど》を潤《うるお》したい気分だった。

そんなことを思っていると、不意にテーブルへ飲み物が置かれる。

振《ふ》り返ると、そこには学内にあるカフェの店員が立っていた。

「えっと、頼んでいませんが……」

「サービスです」

まるで高級リゾートである。

いつの間にか、目の前にテーブルウェアが置かれていた。その上に数枚のクッキーが慣れた手つきで載《の》せられる。

立ち去る店員に、俺たちは礼をした。

貴皇学院には、まだまだ驚《おどろ》かされることが多い。

冷たい紅茶で喉を潤し、落ち着いた俺は、ふぅと息を吐《は》いた。

「それじゃあ、改めて――」

正面にいる二人の顔を見ながら、俺は宣言する。

「成香のぼっち脱却《だつきやく》計画を開始する」

「お、おーっ！」

成香が拳を握り締めて、やる気を張らせた。

一方、その隣に座《すわ》る雛子《みなぎ》は柔らかく微笑み、

「おーっ、ですね。ふふっ」

少し恥じらいながら、雛子は小さな手で拳を作ってみせる。

凄《すさ》まじいギャップだった。普段と違う雛子から放たれる破壊力《はかいりょく》に、俺と成香はしばし硬直してしまう。

なんだ今の可愛《かわい》い仕草は。

「く……っ!?　これが、学院人気ナンバーワンの実力か……っ」

頂点に君臨する雛子の仕草を見て、成香は早々に挫《くじ》けそうだった。

正直、俺も動揺した。

完璧なお嬢様《じょうさま》を演じる雛子は、誰もが見惚れるような上品な振る舞《ま》いもするが、場の空気に合わせて砕《くだ》けた態度になることもある。決してお高くとまっているわけではない。だからこそ、貴皇学院のあらゆる生徒から好かれているのだ。

「まずは、成香の現状を確認《かくにん》しておくか。……聞かせてもらってもいいか？」

「あ、ああ。まあ伊月に対しては、もはや全てを赤裸々《せきらら》に語っているわけだから、今更《いまさら》語れることはないと思うが……」

成香は一拍《ぱく》置いて、語り出した。

「まず、伊月……たちを除いて、友達ゼロ人だ」

悲しい事実が語られる。

一瞬躊躇《いっしゅんためら》ったのは、この場にいる雛子を入れてもいいのかと悩んだからだろう。しかし入れないとかえって失礼になると判断したようだ。

「次に、私が話しかけようとすると距離を取られる」

更《さら》に悲しい事実が語られる。

「それどころか、私は何もしてなくても恐《おそ》れられる。この前も、普通に歩いていただけなのに、皆が私に気づいた瞬間《しゅんかん》、まるでモーゼの海割りのように道が開けて……」

「もういい、もういい……成香、もう十分だ……」

「うぁ……うぁぁぁぁぁっ」

成香は今にも泣きそうな顔をした。

「なんでそんなことが起きるんだ……別に虐《いじ》められてるわけじゃないんだろ？」

「い、虐められてるわけじゃないと思うが……何か盛大《せいだい》に誤解されているような感じだ」

取り敢えず、成香自身が虐めの可能性を否定しているなら、今はそれを信じよう。

主観的な話は聞けたので、今度は雛子の方を見る。

「此花さんから見て、成香の印象はどうですか？」

成香の前なので、言葉遣《づか》いには気をつけなければならない。

お嬢様モードの雛子は「そうですね」と考えながら答えた。

「隣の教室なので、詳しくはありませんが……確かに、怖いという話は聞きますね」

「うっ」

成香がショックを受けた顔をする。

初めてこの学院で成香を見た時、確かにその表情は硬《かた》かった。

やはり、問題は表情か。

「成香、ちょっと笑ってみてくれないか？」

思えば成香は、あまり人前で笑わない。

俺の前だと偶《たま》に笑うが……あの笑顔《えがお》を周りの人にも知ってもらえば、少しは人当たりがよくなるのではないだろうか。

そう思い、成香に提案してみたが――。

「こ、こうか？」

成香は、凄くぎこちない笑《え》みを浮《う》かべた。

まるで悪の親玉に睨《にら》まれているかのようだ。

「こわっ」

「やめてくれぇぇぇぇぇっ!!　伊月にまで言われると、私はもう終わりだぁっ!!」

思わず正直な感想が漏《も》れてしまった。

成香は頭を抱《かか》えた。

「成香が不幸な目に遭《あ》っているのは間違いないけど、成香自身にも問題はあるな。……取り敢えず、すぐに緊張する癖《くせ》と、緊張したら顔が強張《こわば》ってしまう癖をどうにかしないと」

「うぅ、でもどうすれば……」

その答えが出ないから、悩んでいるのだ。

結局のところ、俺たちのように気兼《きが》ねなく会話できる友達を作るしかない。

成香は赤の他人が相手だとすぐに緊張してしまう。

だったら、この学院にいる他人の割合を減らすことで、居心地《いごこち》はよくなるはずだ。

「人と仲良くなる切っ掛けについて、色々考えてみるか。例えば——」

友達ができるタイミングとは何か。各自、意見を出してみる。

俺は勿論《もちろん》、雛子も幾《いく》つか案を出した。

その中から、成香が得意そうなものをピックアップする。

「……よし、幾つか作戦ができたな」

一先ず三つの作戦が完成した。

作戦……と呼べるほど複雑なものではないが、成香にとっては勇気を振り絞《しぼ》らなければならないものばかりだ。

しかし、どの作戦も試《ため》してみる価値はある。

「じゃあ明日から、早速《さっそく》試していこう」

「あ、明日からっ⁉ ま、待ってくれ！ まだ心の準備というものが……っ」

「競技大会まで時間もないし、尻込《しりご》みする暇《ひま》はないと思うぞ」

そう言うと、成香は返答に詰まった。

どうしても不安を抑えられないのだろう。

その気持ちはよく分かる。——俺だって万能《ばんのう》な人間ではないのだ。雛子のお世話係に任命されたばかりの頃は、毎日が不安でいっぱいだった。

あの時……俺は、どんな声を掛けられたら嬉《うれ》しかっただろうか？

「……成香」

不安を抱《いだ》く成香に、俺は寄り添《そ》うつもりで言った。

「一緒《いっしょ》に頑張《がんば》ろう」

「…………一緒、に」

俺の台詞《せりふ》を繰《く》り返すように、成香は小さな声で呟いた。

「……そうだ。私には……伊月がいるんだ」

自分に言い聞かせるように成香は言う。

そして――。

「私は、頑張るぞ……っ!!」

成香は、覚悟《かくご》を決めた。

◆

翌日の放課後。

俺たち三人は、B組の教室の近くで話し合った。

「念のため、これから実行する作戦をおさらいしておくぞ」

成香と雛子が頷く。

夕焼けの光が街を橙色《だいだいいろ》に染める頃。放課後になってから更に三十分ほど経過したので校舎の人気《ひとけ》は少なくなっていた。人目が減った今なら、成香の負担も軽くなるはずだ。

「作戦その一。勉強会を開く、または参加すること」

昨日決めた作戦の一つを、俺は説明する。

「勉強会は色んな人が集まるから、知り合いを増やすには丁度いい。それに俺たちもつい最近やっていたから、成香も比較的《ひかくてき》イメージしやすいはずだ」

成香がこくりと首肯《しゅこう》した。

以前、俺たちは一緒に勉強会をした。あの時の感覚を思い出せば、多少は上手《うま》くいくだろう。

俺自身、あの勉強会で天王寺さんや旭さん、大正と友好を深められたと思う。

効果は実証済みだ。

「ただ、自分で勉強会を開くのは難しいから、今回は誰かの勉強会に参加する。幸い、成香のクラスでは既《すで》にやっている人がいるんだよな？」

「ああ。放課後も学院に残って、一緒に勉強している人が三人くらいいるはずだ」

B組の生徒も真面目なようだ。

「成香は、なんだかんだしっかり周りのことを見ているよな」

「……………放課後、一緒に集っているのが羨《うらや》ましかったからな」

「……………そうか」

突けば突くほど悲しい話が出てくる。

また今度、お茶会とかに誘《さそ》おう。

「じゃあ、あとはその人たちに交ざるだけだな」

「き、緊張してきたぞ……」

「やめろ緊張するな。成香は緊張したら顔が怖くなるんだから」

「ちょ、ちょっと待ってくれ……今、落ち着いてみせる……っ!!」

成香は大きく深呼吸した。

成香の身体の震《ふる》えが、少しずつ収まる。

「い、行ってくる……っ!!」

決意を露《あら》わに、成香は教室へ入った。

俺と雛子も、教室の外からこっそり中の様子を窺《うかが》う。

成香に雑談力はない。しかし貴皇学院の生徒は皆、真面目だ。だから下手に雑談で場を盛り上げようと思わなくても、きっと勉強に対する真面目な姿勢を見せれば分かり合えるだろうと俺は予想していた。

B組教室の片隅で、三人の男女が机を並べて勉強していた。

成香は、そんな彼《かれ》らへ近づき――。

「あ、あにょっ!!」

盛大に、噛《か》んでしまった。

声のボリュームも大きすぎる。おかげで三人の生徒は肩《かた》を跳《は》ね上げて驚いた。

成香の顔は、こちらからはよく見えない。しかしその横顔から察するに……強張っている気がする。

(噛んだせいで、緊張してしまったな……)

耳は真っ赤に染まっているが、顔は怖《こわ》い。

最初の一歩で躓《つまず》いてしまった。

「み、都島さん……ど、どうかしましたか?」

「そ、その……」

尋《たず》ねる女子生徒に、成香が答えようとする。

だが中々、本題を切り出すことができない。

「あっ⁉ ま、まさかこの席って、都島さんの……っ⁉」

「え——っ⁉ すすす、すみません! すぐにどきます!」

生徒たちが怯《おび》えて席を立った。

「い、いや! 違《ちが》うんだっ!」

成香が慌《あわ》てて三人を止める。

そうだ、よく言った。

「その、勉強、してるんだな?」

「え？　……は、はい。勉強、してますが……」

「わ、私も、交ぜてくれないだろうか？」

よし――っ。

無意識に拳《こぶし》を握《にぎ》り締《し》める。

なんだか運動会に出ている子供を応援《おうえん》している気分になってきた。

成香の言葉を聞いて、三人の生徒たちは相談する。

「ど、どうしよう……？　あの都島さんが、私たちと一緒に勉強って、いいのかな？」

「でも都島さんが一緒にいると、色々教えてくれるかも……」

「確かに……」

三人の生徒たちが、成香を受け入れるような雰囲気《ふんいき》となった。

しかし、

「あ、いや、その……わ、私も別に、教えられるほど成績がいいわけじゃなくて……」

「え？」

三人の生徒が、きょとんとした表情で成香を見た。

「え、えっと、一応私たち、今度の試験で上位に入るために勉強していて……」

それはきっと悪気のない台詞だった。

やる気さえあれば問題ないのだろう。逆に言えば、勉強会を口実に談笑《だんしょう》するつもりはないと言っているのだ。

だからここは、成香が真面目な姿勢を見せればいいはずだが、

「し………失礼、しましたっ」

冷《ひ》や汗《あせ》をだらだらと垂らしながら、成香は教室を去った。

廊下に出ると同時に、俺は成香と目が合う。

「伊月ぃぃいぃいぃいぃ……っ!!」

成香は泣きついてきた。

「何故……何故、私は頭がいいと誤解されているんだぁ……っ」

「頭が悪いと誤解されるよりはマシな気もするけど……ちょっと予想外だったな」

あのまま頭がいいフリをして勉強会に参加しても、すぐにボロが出ていただろう。

成香にとっては勉強会に参加することだけで手一杯《ていっぱい》だ。突然《とつぜん》発覚した誤解を解くためのリソースは残っていない。

(……よくよく思い出せば、俺たちも最初は成香の成績を知らなかったな)

初めての勉強会で、成香の成績が意外と低いと知った時は、俺以外にも旭さんや大正など色んな人が驚いていた。

成香はイメージばかりが先行して、その実態を知っている者が少ないのだ。

「気にするな。また明日、他の作戦を実行しよう」

涙目《なみだめ》の成香を慰《なぐさ》める。

作戦その一──失敗。

◆

翌日。俺たちは学院で再び集合した。

本日の活動時間は朝……授業が始まる前だ。

「作戦その二。イメチェンする」

シンプルな作戦だ。

成香が首を縦に振る。

（まあこれは、雛子を見て思いついたことだけど……）

隣の雛子を一瞥《いちべつ》すると、目が合った。

「どうかしましたか？」

「……いや」

お嬢様モードの雛子が、可愛らしく小首を傾《かし》げた。

プライベートではあれだけだらしない雛子も、イメージを徹底《てってい》して変えれば学院で一番の人気者なのだ。

そう考えると、雛子は毎日イメチェンしていると言っても過言ではない。

雛子はイメチェンの達人だ。

「イメチェンの目的は、成香が醸《かも》し出す近寄りがたさを少しでも減らすことだ。そのためにも、厳しさとか生真面目《きまじめ》さとは真逆のイメージを目指そう」

「理屈《りくつ》は、分かるが……」

成香は難しい顔をした。

「……なあ。これはもう、今更なんだが、そんなに私は怖いだろうか？」

「うーん……俺たちの前だと自然なんだけどな」

実は俺もあまり、成香の怖さを実感していない。

勿論、客観的に怖い顔をしていることは知っているが、俺は成香の幼少期を知っているため、心の底から恐ろしいと感じたことはないのだ。

「実験してみるか」

「実験？」

訊き返す成香に、俺《おれ》は頷いた。

「HRまでまだ時間があるし、少し外に出てみよう」

そう言って、俺は成香、雛子と共に学院の外に出る。

此花家の使用人は、登下校の際、雛子に何かあってはいけないので常に通学路の近辺で待機している。多分まだいるだろう。あまり学院を離《はな》れすぎたら彼らの仕事の迷惑《めいわく》になってしまうため、俺はできるだけ近くで事を済ませようとした。

横断歩道の向こうで、小学生と思《おぼ》しき子供たちが歩いている。

（……あの子供たちにしよう）

俺は子供たちに近づき、声を掛けた。

「ちょっといいかな？」

子供たちが振り返った。

「なに～？」

「ねえ、知らない人についていっちゃ駄目《だめ》なんだよ……？」

「あ、俺知ってる！　この服、すっげぇ金持ちの学校だ！」

「きおー学院だっ！」

貴皇学院は子供たちの間でも有名らしい。

「皆《みな》に質問したいことがあるんだ」

俺は身を屈《かが》め、子供たちと目線の高さを合わせて言った。

「ここにいるお姉さんと……」

成香を指さしながら、俺は制服のポケットから一枚の写真を取り出す。

「この、とあるヤクザの組長の写真。……どっちが怖い？」

「お、おい伊月、どうしてヤクザの写真なんか持っているんだ」

「昔、此花グループにちょっかいを出してきたことがあるらしくて、資料があったんだ」

写真には額に傷を刻んだ強面《こわもて》のおっさんが写っていた。

普通《ふつう》に考えたら、このヤクザの方が怖い。

子供たちは、写真と成香の顔を交互《こうご》に見つめる。

「……成香、軽く笑ってみろ」

学院で、他人と関わろうとしている時の成香と比較《ひかく》しないと意味がない。

俺の言葉を聞いて、成香はぎこちなく笑みを浮かべた。

「ふ、ふふ……っ」

その硬い笑みを見て、子供たちの顔が青褪《あおざ》めた。

「「おねーちゃんの方が怖いっ!!」」

「うぁぁ……っ！　もう死んだ方がましだぁ……っ!!」

子供たちが逃《に》げるように去って行く。

成香はその場で蹲《うずくま》ってしまった。

「イメチェンの必要性は、感じてくれたか？」

「……ああ。徹底的《てっていてき》に、やってくれ」

成香はまだショックから立ち直れていなかった。

「じゃあ、ここからは此花さんに協力してもらいます」

「はい」

雛子が頷く。

髪型《かみがた》だけでなく服装なども多少変えるため、ここから先は女性の雛子にも手伝ってもらう。雛子が協力してくれてよかった。

「成香は、旭さんのように着崩《きくず》してみたいんだよな？」

「あ、ああ。実は前々から少し憧《あこが》れていたんだ。私の家は結構厳格だったから、ああいう姿が新鮮《しんせん》に見えてな……旭さんも友達が多いし、見習いたいと思う」

成香は気恥《きは》ずかしそうに言った。

これはつい最近知ったことだが、貴皇学院には身だしなみに関する校則が殆《ほとん》どない。わざわざ校則で言及《げんきゅう》しなくても、ここの生徒なら自粛《じしゅく》できると判断されているのだ。

旭さんは珍《めずら》しいケースである。しかしその旭さんも、決して風紀を乱すほどの着崩し方をしているわけではない。ちょっとシャツの色を変えたり、小さなアクセサリをつけたりするくらいだ。

「まあ、いきなり派手にイメチェンすると余計に怖がられるかもしれないし、今回は少しだけ印象を変える程度にしておこう」

「そ、そうだな。私もその方がありがたい」

学院に戻《もど》り、いつでも自由に使える更衣室《こういしつ》に成香と雛子が入った。

十分ほど待っていると、二人が姿を現わす。

「ど、どうだろうか……？」

成香はもじもじと自信なげに、その姿を俺に披露《ひろう》した。

制服はボタンを外して前を開けており、スカートの丈《たけ》も少し短くなっている。外に出したシャツも、一番上と下のボタンをそれぞれ外しており、ラフな格好に見えた。

細い手首には、ピンクのブレスレットがついている。成香のイメージには合わなそうな色だと思ったが、それが寧《むし》ろイメチェンに一役買っているような気がした。上品な造りなのでそこまで目立たないというのもいい。

「……ちょっと工夫《くふう》するだけで、こんなに印象が変わるんだな」

今の成香は、控《ひか》えめなギャルといった印象だ。

髪型に関しては少し柔《やわ》らかく膨《ふく》らんでいるだけで、殆ど変わっていない。このくらいの服装ならさほど悪い印象も抱かれないだろう。

「成香、どうだ？」

「す、少しドキドキするが……このくらいなら、私も耐《た》えられそうだ」

成香の羞恥心《しゅうちしん》も耐えられる、丁度いいイメチェンだったらしい。

「しかし、胸元《むなもと》はこんなに緩《ゆる》くてもいいのだろうか？　少し頼りない気が……」

違和感《いわかん》があるのか、成香は襟元《えりもと》を引っ張る。

「ちょ――」

一瞬、シャツの内側に下着が見えて、俺はすぐに目を逸《そ》らした。

なんて無防備な……。

「……上のボタンは留めた方がいいな」

「え？　……あっ!?」

成香も下着が見えたことに気づいたのか、慌てて胸元を隠《かく》した。

気まずい……。

成香が急いでボタンを留めていると、

「痛いっ⁉」

不意に、雛子に脛《すね》を蹴《け》られた。

「あの、此花さん……？」

「すみません、足が滑《すべ》りました」

「そ、そうですか……」

お嬢様がお冠《かんむり》だ。

笑顔が怖い。

「よ、よし、あとはこの姿で、教室に行くだけだな……っ！」

成香がやる気を見せる。

「俺たちはもうついていけないから、あとは頑張れよ」

「あ、ああ！　今度こそ上手くやってみせるぞ！」

成香は覚悟を決めて、教室へ向かった。

更衣室と教室はそれほど離れていない。後数分もすれば、成香のイメチェン姿が皆に披露されるだろう。

「……伊月」

成香を見送った後、雛子が声を掛《か》けてくる。

「ああいう格好……好きなの？」

「え？」

真意の読めない質問に、俺は少し悩《なや》んでから答えた。

「好きってわけじゃないけど……普通の学校に通っていた俺からすると、ああいう砕けた格好の方が馴染《なじ》みはあるな」

「……ふぅん」

貴皇学院の生徒たちは、制服の一番上のボタンまできっちり留めている。俺がいた高校では滅多《めった》に見なかった光景だ。

かつての学生生活に、思いを馳《は》せていると――。

「……今度、私もやるね」

「えっ」

何が切っ掛けになったのかは分からないが、雛子がそんなことを呟《つぶや》いた。

華厳さんに怒《おこ》られそうだが……ちょっと見てみたい気もする。

その後、俺たちも教室へ向かい、一限目の授業を受けた。

先生が書いた黒板の文字をノートに取っていると、チャイムが鳴り響《ひび》く。

（休み時間か……成香の様子を見に行こう）

雛子の方を見ると、目が合う。

俺たちは廊下《ろうか》に出て、そのまさり気なく二人でB組の教室を覗《のぞ》きに行った。

成香の姿は……。

「……あれ？　いない？」

教室を見回しても、成香は見つからなかった。

仕方ないので俺は近くにいる生徒に尋ねることにする。

「すみません。都島さんはいませんか？」

「都島さんは、えっと、その……生徒指導室に呼ばれていました」

「……生徒指導室？」

なんだか嫌《いや》な予感がする。

俺たちはすぐに生徒指導室へ向かった。

部屋の扉《とびら》をノックしようか悩んでいると、不意に扉が開く。

扉の向こうから、成香が現れた。

「な、成香。その格好は……？」

成香の姿は、更衣室を出た時とは微妙《びみょう》に違っていた。

髪《かみ》は荒々《あらあら》しく乱れており、シャツも皺《しわ》ができている。

それに……腕《うで》と膝《ひざ》に擦《す》り傷《きず》のようなものがある。これはいつできたのだろうか。少なくとも俺たちと別れる前にはなかったはずだが……。

「……二人と別れた後、教室へ向かう途中《とちゅう》で緊張《きんちょう》のあまり転《こ》けてしまってな。その時は気づいていなかったが……いつの間にか、色々乱れてこんな姿になっていたらしい」

その傷は転けた時にできたものか、と納得《なっとく》する。

（喧嘩《けんか》帰りの不良だ……）

教室へ向かう直前までちゃんと見ておくべきだったか。

額に手をやる。

確かにこれは、生徒指導室へ呼ばれてもおかしくない。

「さっき、先生に……誰と喧嘩したんだ、と訊《き》かれた」

成香が涙目で言った。

「この国では、脅迫《きょうはく》も恐喝《きょうかつ》も犯罪だと言われた」

「……」

「相手の治療費《ちりょうひ》を見積もりたいから、どんな怪我《けが》を負わせたのか訊かれた」

「……」

「百歩譲《ゆず》って、私が喧嘩していたとしても……何故《なぜ》、私が負けた可能性については一切触《いっさいふ》れられないのだろうか……」

そりゃあ、負けるイメージがないからだろう……。

「……次、いこう」

作戦その二——失敗。

◆

翌日の朝。

俺たちはまたHR前に集まっていた。

「作戦その三。庶民的《しよみんてき》な感じを出して、親しみやすさをアピールする」

校庭の隅《すみ》、日陰《ひかげ》で目立ちにくい場所で俺たちは会議する。

「要するに成香も普通なんだってことをアピールしよう。今は武闘派《ぶとうは》とかクールとか、そういうイメージが先行しているからな」

「しかし、この作戦についてはまだ具体的にどうするか決めてないぞ……？」

「そうだな。とにかく、成香の硬い印象を和《やわ》らげることができたらいいんだけど……」

作戦その一、二と違って三はまだ完全にプランを詰《つ》めていなかった。

何かいい案はないか、考える。

イメチェンとはまた違う、今度は見た目ではなく行動で成香の雰囲気を変えたい。

「何かこう、一目見れば伝わるような感じがいいよな。皆の前で漫画《まんが》を読むとか、昨日見た番組の話をするとか……」

「……私は、漫画もテレビも、あまり見ないな」

それなら他の案にした方がいいだろう。

普段《ふだん》と違う自分を装《よそお》って、それで人付き合いを広げても、その人脈を維持《いじ》するのがしんどくなるだけだ。

「……お菓子《かし》」

雛子が、呟くように言った。

「お菓子を食べるとかはどうでしょう？　親しみやすいと思いますが」

「……なるほど」

いい案だと思った。

お菓子を食べる程度なら不真面目にも見えないし、今の成香が醸し出す厳格な雰囲気を程《ほど》よく削《そ》ぐことができそうだ。

「伊月、名案が浮かんだぞ！」

その時、成香が唐突《とうとつ》に告げた。

「名案？」

「駄菓子《だがし》だ！」

自信ありげな様子で成香は言う。

「以前言ったような気もするが、私は伊月と離ればなれになったあとも駄菓子屋に通い続けていたんだ！　そのおかげで、駄菓子に関しては人一倍詳《くわ》しい自信がある！」

成香はやる気を見せる。

二回連続で失敗したのに、まだ立ち上がろうとするその姿勢は素直《すなお》に尊敬できた。

「……そういえば、学院の近くに駄菓子屋があったな」

先日、登校中に見つけた駄菓子屋のことを俺は思い出す。

貴皇学院の生徒ではなく、近くにある小学校の生徒がターゲットの店だとは思うが、あの店は利用できそうだ。

「今日の放課後、通学路で駄菓子を食べてみるのはどうだ？　そうすれば、誰《だれ》かが私に声を掛けてくれるかもしれない！」

「駄菓子を食べているだけで声を掛けられることは……」

ないと思うが、しばらく考えた俺は意見を変える。

「いや……成香以外にも似たような人がいれば、声を掛けてくれるかもな」

貴皇学院の生徒に駄菓子は、どう考えても稀《まれ》な組み合わせだろう。しかし、一人くらいは似たような趣味《しゅみ》を持つ者がいるかもしれない。

珍しい趣味だからこそ、それを共有する人の繋《つな》がりは強くなるはずだ。

(まあ、それで誰にも声を掛けられなかったとしても、少なくとも今までよりは砕《くだ》けたイメージになるだろう)

上手くいけば絶妙《ぜつみょう》に気が合った親友を作れるかもしれない。

上手くいかなかったとしても、多少はイメージを変えることができるかもしれない。

試してみる価値はある。

「じゃあ、やってみるか」

「ああ！　放課後に集合だな！」

今度こそはと言わんばかりに、成香は意気揚々《いきようよう》と校舎に向かった。

「雛子、いい案を出してくれてありがとう」

「……ん」

こくり、と雛子は小さく首を縦に振《ふ》る。

思えば、お嬢様《じょうさま》モードの雛子とこうして一緒に何かをするのは初めてかもしれない。普段の雛子は、隙《すき》あらば屋敷《やしき》に帰ってだらだらしようとするから。

「色々協力させて悪いな。前も言ったが、雛子はここまで付き合わなくていいんだぞ？」

「……別にいい。私も、協力する」

今度は首を横に振って雛子は言った。

「伊月と一緒にいると楽だし、それに……」

「……それに？」

微《かす》かに歯切れが悪くなった雛子に、俺は訊き返した。

「……伊月は、意外と節操なしだから。……ちゃんと見ておく」

「えっ」

なんだか妙《みょう》な誤解をされている気がする。

しかし雛子は何も説明してくれなかった。

その後、俺たちは普通に授業を受け……早くも学院は放課後になる。

「い、いよいよ、作戦開始だな」

成香は緊張した面持《おもも》ちで言った。

「俺たちはここで見ている」

「わ、分かった。……行ってくる！」

成香は手と足が同時に出るという、典型的な緊張している人の動きで駄菓子屋に向かった。成香も俺たちも、家には帰りが遅《おそ》くなると伝えているため、一時間くらいは余裕《よゆう》がある。この一時間で何かしらの成果を出せればいいが……。

慣れた手つきで駄菓子を購入《こうにゅう》した成香は、早速《さっそく》、道端《みちばた》でそれを食べ始めた。

（中々シュールだな……）

放課後、一人で駄菓子を食べる女子高生。

懸念《けねん》していたのは、不良っぽく見えるんじゃないかということだが、成香は棒状のスナック菓子——うんまい棒を両手で持ち、ハムスターを彷彿《ほうふつ》とさせる食べ方をしていた。この仕草で不良と思われることはないだろう。

順調に、貴皇学院の生徒も駄菓子を食べる成香に気づき始めた。

貴皇学院の生徒は、その殆どが車で送迎《そうげい》されているが、車が停車できるスペースには限りがある。雛子や天王寺さん、成香は学院の中でも特に格式が高い家の出身なので、校門のすぐ傍《そば》に車が停《と》められるが、他の生徒たちは自重して、少し離れたところで車に乗る場合が多いらしい。……表向き俺もその一人だ。

そういう生徒は、通学路を少し歩く。

成香はちゃんと他の生徒たちに見られていた。しかし……。

「声……掛けられないね」

「そうだな」

雛子の言う通り、声は掛けられない。

流石《さすが》に黙《だま》って駄菓子を食べているだけで、急に誰かと距離《きょり》が縮まることはないようだ。

とはいえ、俺はこの結果をそれほど残念には感じていなかった。

（イメージを変えるだけなら、別に声を掛けられなくてもいい。……こうやって誰かに見られているだけで、成功しているんじゃないか？）

放課後、通学路で駄菓子を食べている成香の姿は、彼女《かのじょ》のことを知っている生徒たちからすれば少なからず珍しく映ったはずだ。

こういうことが積み重なれば、徐々《じょじょ》に成香のイメージは変わるんじゃないだろうか。

だとすると今は別に焦《あせ》らなくてもいいかもしれない。

（あれは、チュパチュパチャプスか。……最近食べてないな）

成香はスナック菓子に飽《あ》きたのか、今度は棒付きのキャンディを舐《な》める。口から伸《の》びた白い棒を指で摘《つ》まみながら、成香はそわそわと、誰かに話しかけられるのを待っていた。

もうしばらく、見守っていよう。

そう思った時――。

「み、都島さん……？」

下校中の女子生徒が成香を見て、ドサリと鞄《かばん》を地面に落とした。

声を掛けられた成香は振り向くが、すぐに不思議そうな顔をする。

その生徒は何故か、尋常《じんじょう》ではないほど驚《おどろ》いていた。

「それ……タ、タバコですよね……？」

「え？」

女子生徒は成香の口元から伸びる、白い棒を指さして言った。

「ま、待ってくれ！　違う！　これはタバコではない！」

そう言って成香は、キャンディを口から出して見せる。

「これはチュパチュパチャプスだ！」

「め、銘柄《めいがら》を言われても分かりません……っ」

「いや、だからタバコではないんだっ‼」

「タバコじゃない……？　じゃ、じゃあまさか、薬……っ⁉」

想像力が豊かすぎる。

貴皇学院には色んなお嬢様がいるんだなぁ……と、現実逃避《とうひ》したい気分に陥《おちい》った。

「これは、キャンディなんだ！」

「キャンディ……そういう隠語《いんご》ですか？　わ、私、何も聞いてませんのでっ！」

「ああっ⁉　待ってくれぇ‼」

女子生徒は慌てて成香の前から走り去った。

（そういえば、成香がヤクザの家系っていう噂《うわさ》もあったな……）

多分その噂が誤解を招いている。

いずれにせよ――やばい。

このままだと成香が、キャンディという名の薬物を売りさばくブローカーと勘違《かんちが》いされてしまいそうだ。

「……誤解を解いてくる」

すぐに俺は走り去った女子生徒を追った。

向こうが走っているので俺も走るしかなかったが、そのせいで女子生徒は襲《おそ》われると勘違いしたらしく、全速力で逃げようとする。

どうにか捕《つか》まえて話を聞いてもらい、誤解を解くことに成功した後。

駄菓子屋の近くに戻ると、成香が地べたに体育座《ずわ》りして落ち込《こ》んでいた。

「………………これは、私が悪いのだろうか？」

なんとも言えない気分になった。

「……正直、俺も侮《あなど》っていた」

乱れた息を整えながら、俺は言う。

「まさか、成香のイメージがこんなに酷《ひど》いとは……」

「言わないでくれぇぇ……っ」

成香が頭を抱《かか》えた。

これは……思った以上に手こずりそうだ。

◆

騒《さわ》がしくしてしまったので、俺たちはまずその場を移動した。

再び学院に戻った俺たちは、重たい空気の中で話し合った。

「というわけで、三つの作戦が全て失敗に終わったわけだが……」

俺は溜息《ためいき》を吐《つ》きながら言う。

「……どうしよう」

本当にどうしよう。

万策尽《ばんさくつ》きたというほどではないが、思ったより凄惨《せいさん》な結果だった。

次はどうすればいいのか、言葉が出ない。

「協力してもらっている私が言うのもなんだが……そこまで気に病《や》まないでくれ。私はそれほど気にしていない」

そう告げる成香に、俺は目を丸くした。

「……意外と前向きだな」

「ふっ、失敗することには慣れているからな。ふふっ……ふふふっ」

それが虚勢《きょせい》であることは明らかだった。

「真面目な話、たったの数日で解決する程度の問題なら私もここまで悩んでいない。だから落ち込んではいるが、この程度は想定内だ」

なるほど、だから前向きな気持ちは維持できているのか。

「……成香が凹《へこ》んでないなら、俺が凹む必要もないか」

本人にやる気がある以上、俺が一人で塞《ふさ》ぎ込むこともない。

「今日は金曜日だから、来週の月曜日にまた皆で案を出し合ってみよう。今回の失敗はちゃんと活《い》かすぞ」

成香と雛子が頷《うなず》いた。

「ところで伊月。私はいつ二人にテニスを教えればいいんだ？」

「それは、余裕がある時でいいけど……」

言いながら雛子に視線をやる。

雛子は無言で頷いた。これは俺たちの間でも話し合った末の結論だ。

しかし、成香は頷かなかった。

「そろそろ私も二人に恩返しがしたいぞ」

「恩返しって……まだ成果は出ていないぞ」

「いや、そもそも私だけだと何も行動できなかった。二人には既《すで》に十分助けられている」

そう言って、成香は嬉《うれ》しそうに微笑《ほほえ》んだ。

……その顔を、俺たち以外の人にも向けられないだろうか。

勿体《もったい》ない。

成香はこんなにも純粋《じゅんすい》な人間なのに。

「明日の休日は空いているだろうか？　二人さえよければ教えられるぞ」

そんな成香の問いに、俺は雛子と顔を見合わせた。

明日は雛子も用事はなかったはずだ。

「それじゃあ、頼《たの》んでいいか？」

「ああ！」

成香は得意気に胸を張った。

「今度は私の得意分野だ！　存分に期待してくれっ‼」

二章◆庭球日和

翌日の昼。

雛子《ひなこ》、静音《しずね》さんと共に屋敷を出た俺は、車で一時間ほど移動して、山の中にある大きな宿泊施設《しゅくはくしせつ》に到着《とうちゃく》した。

「広《ひろ》っ」

車から降りて五分ほど歩くと、沢山《たくさん》のテニスコートが目に入った。

コートの数は全部で十二面。そのうち二つのコートは土のもので、もう二つのコートはアスファルトのように硬《かた》いもの、残りの八つは人工芝《じんこうしば》のものだった。

「此花《このはな》グループが所有する宿泊施設の一つです。現在は建物の改修工事で休業していますが、コートは問題なく使用できます」

改修工事中なので当然、客はいない。

俺たちはこの広いコートを借り切れるようだ。

「都島《みやこじま》様がいらっしゃいました」

駐車場《ちゅうしゃじょう》に黒塗《くろぬ》りの車が停まる。

中から成香《なりか》と、その使用人が現れた。

成香はすぐに俺たちに気づいて近づいてくる。

「成香、今日はよろしく頼む」

「ああ！　こちらこそ頼む！」

今日の成香は自信満々だった。

成香はテニスバッグを背負っており、更《さら》に両手にも鞄がある。

「随分《ずいぶん》荷物が多いな」

「コートは此花さんに用意してもらったからな、私は道具を用意してみたんだ。ラケットとボール、それと念のためにグリップとガットなど。どれもうちで扱《あつか》っている最新の商品だ。性能には自信がある。……ウェアやシューズもあるぞ！」

成香は鞄の中から人数分のテニスウェアを取り出して言う。

成香の家は日本最大手のスポーツ用品メーカーだ。その商品は素直に信頼《しんらい》できる。

俺たちは成香が用意してくれた道具を使わせてもらうことにした。

「更衣室はあちらになります」

静音さんが俺たちを更衣室へ案内する。

俺は早速、成香から貰《もら》ったテニスウェアを着てみた。

「おぉ……軽いな」

貴皇学院《きおうがくいん》の体育着も質がいいと思ったが、今回成香から貰ったウェアも相当いいものなのだろう。夏場は服の通気性などに敏感《びんかん》になってしまいがちだが、このウェアの着心地《きごこち》は抜群《ばつぐん》だった。

シューズも軽くて動きやすい。

「伊月《いつき》さん、着替《きが》え終わりましたか？」

丁度着替え終わったタイミングで、入り口の方から静音さんの声が聞こえた。

少し驚きつつも、俺は「はい」と返事をする。

更衣室の外に出ると、静音さんが待機していた。

「襟《えり》が乱れていますよ」

「あ、すみません……」

服の着心地に感動していたので、身だしなみに対する意識が抜《ぬ》けていた。

静音さんに襟を直してもらいながら反省する。

「時に伊月さん。競技大会のレベルはご存知《ぞんじ》ですか？」

唐突に、静音さんは訊いてきた。

「カジュアルな大会とは、聞いていますが……」

「そうですね。ですがそれは生徒たちの主観です」

どういう意味だろうか？

「貴皇学院の生徒は勉強だけでなく運動にも力を入れています。生徒たちのご実家が実業団を抱えていることも少なくはありませんからね。彼《かれ》らは幼い頃《ころ》から、仕事だけでなくスポーツにも精通しているんです。実業団に交じって練習している方もいるとか」

自分の会社が実業団を抱えていれば、スポーツに関する勉強も行う機会が増える。静音さんが言いたいのはそういうことだろう。

ここ最近、俺《おれ》は一つ理解したことがあった。

貴皇学院の生徒たちは、単に真面目だから勉強や運動ができるわけではない。彼らは勉強や運動に対して、前向きになれる機会が多いのだ。

社長や秘書、職人、或《ある》いは実業団の選手など、世間的に尊敬されている人と関わることが多い彼らは、目指すべき背中に事欠かない。

貴皇学院の生徒は、モチベーションの宝庫で育っている。

そんな生徒たちの中でも特に優《すぐ》れた成績を残しているのが、雛子と成香だ。

二人の実力の凄《すさ》まじさを、改めて思い知る。

「カジュアルと言っても、恐《おそ》らく伊月さんの想像よりは厳しいものになります。……あの二人についていくのは大変だと思いますが、頑張《がんば》ってください」

「……はい」

気を引き締《し》めて、俺は返事をした。

大丈夫《だいじょうぶ》。俺も貴皇学院に通い始めて早三ヶ月だ。

いい加減、努力で補うことには慣れている。

(二人は……まだ来てないな)

先にコートへ到着した俺は、しばらくラケットの感触《かんしょく》を確かめながら待っていた。

「お待たせしました」

しばらくすると、雛子と成香がやって来る。

二人は共にテニスウェアを着ていた。

雛子は白いシャツに桃色《ももいろ》のスコート。

成香は水色のシャツにグレーのスコートを着用していた。

どちらも新鮮な姿で、俺は少し言葉に詰まる。

お似合いです、の一言くらい言った方がいいだろうか？　しかし私服ならともかくこれはテニスウェアだ。二人にそのつもりがないのに俺が褒《ほ》めると、なんだかセクハラのように聞こえてしまう気がする。

そんなふうに悩んでいると――。

「どうですか、友成《ともなり》さん？」

雛子の方から訊いてきた。

「ええと……お似合いです」

そう言うと、雛子は可愛《かわい》らしく微笑んだ。

「伊月！　私はっ!?　私はどうだっ!?」

成香が張り合ってくる。

「似合ってるぞ」

「……なんだか雑じゃないか？」

「気のせいだ」

仕方ないだろう。

真剣《しんけん》に言うのは恥《は》ずかしいのだ。

「しかし、此花さんはどの服を着ていてもお洒落《しゃれ》に見えるな……」

「ありがとうございます」

成香の言葉に、雛子は如何《いか》にも褒められ慣れているような返事をした。

今の雛子はテニスウェアに加え、髪をポニーテールにまとめていた。ただそれだけの変化なのに、普段の姿とは全く異なる見栄《みば》えがある。

元の素材がよすぎるのだ。

その後、俺たちは軽くストレッチをして筋肉を解《ほぐ》す。

成香も雛子も大企業《だいきぎょう》のお嬢様だ。怪我に敏感なのは周りの人たちだけではなく本人も同様である。ストレッチは念入りに行われた。

「此花さんは去年優勝していたが、伊月はどのくらいできるんだ？」

ストレッチを済ませたところで、成香が俺に訊いた。

「軽くラリーができるくらいだな」

俺が通っていた高校では、二年生から体育でテニスを習う予定だった。しかしその前に貴皇学院へ来てしまったため、俺はまだテニスをちゃんと学んだことがない。

「では、まずは三人でラリーをしてみよう。サーブやレシーブはその後でいい」

そう言って成香はコートの奥《おく》へ向かった。

俺と雛子は、三ポイントずつで交代して成香とラリーする。成香は俺たち二人を相手にするが、全く息切れしている様子はなかった。

「伊月！　もう少し強く打ってもいいぞ！」

「分かった！」

ネットの向こうにいる成香の指示に従う。

しかし、強く打とうとするとボールがアウトになったりネットになったりした。

「雛子、交代だ」

「……ん」

成香は相手コートにいるため、俺たちのやり取りは聞こえないだろう。

普段通りの口調で雛子と接する。

「今日は伊月に……かっこいいとこ、見せるね」

そう言って雛子は成香とボールを打ち始めた。

（二人とも……上手《うま》すぎる）

成香は勿論《もちろん》、雛子もとても上手い。その小さな身体でどうしてそんなに速い球が打てるのか、不思議で仕方ないくらいだ。

多分、ちゃんとボールの芯《しん》を捉《とら》えて打っているのだろう。

伊達《だて》に去年の競技大会で優勝していない。

「伊月……交代」

俺の番が回ってくる。

雛子からボールを受け取りながら、俺はふと思ったことを口にした。

「体育の時も偶《たま》に思うけど、雛子って運動も得意だよな」

「疲《つか》れるから、あんまり好きじゃないけど……」

ナチュラルに雛子は天才らしい発言をした。

「でも今は……脂肪《しぼう》を……」

「え？」

「……なんでもない」

何か言っていたような気もするが、雛子は口を噤《つぐ》む。

その後、三十分ほど俺たちはラリーを続けた。

「っと。ネットか」

ボールがネットに引っ掛かった。

後ろにボールの入った籠《かご》が置いてあるが、毎回籠から新しいボールを出すとコートがボールだらけになってしまうので、俺はネットに引っ掛かったボールを拾いに行く。

すると、丁度同じことを考えていたのか、成香もネットに近づいてきた。

「伊月は思ったよりも打てるな」

ボールを拾いながら、成香が言う。

「この分なら、本番までにだいぶ上手くなると思うぞ」

「それはよかった。……何か直した方がいいところはあるか？」

「アドバイスは一通り練習してからにしよう。何か直すにしても、全体を見てから優先順位を決めた方が効率的だ」

　思わず感心してしまうくらい、真っ当な意見だった。

（……頼もしいな）

　十歳の頃、成香と初めて会った時のことを思い出す。

　あの日、都島家で居候《いそうろう》になった俺は、道場で竹刀《しない》を振っている成香と遭遇《そうぐう》した。わざわざ成香には伝えなかったが……俺はあの時、成香の竹刀を振る姿にしばらく見惚《みと》れていた。あれだけ真剣に、無心になって何かに打ち込んでいる人を、俺はそれまで見たことがなかったのだ。

　真剣にスポーツに打ち込んでいる時の成香は、凛《りん》としていてかっこいい。

　あれから五年以上の歳月《さいげつ》が過ぎているが……目の前で汗《あせ》を滴《したた》らせる成香からは、以前と変わらない凛としたかっこよさを感じた。

「……そういえば成香、あっちの土のコートは使わないのか？」

　内心の動揺《どうよう》を押《お》し殺すように、俺は成香に訊いた。

「ああ。競技大会ではオムニコートだけが使用されるから、使わないつもりだ」

俺たちは少し離《はな》れたところにある、他のコートを見ながら言う。

「ちなみに、あの土のコートはクレーコートと言うんだ。土の凹凸《おうとつ》があるからイレギュラーバウンドが起きる。反対に、隣《となり》にあるハードコートは、地面が硬くて平らだからイレギュラーが起きにくい。そして今私たちが使っているオムニコートは人工芝に砂が混ざっているもので、イレギュラーが起きにくく、少し足が滑《すべ》る」

「へぇ……」

分かりやすい説明に、俺は相槌《あいづち》を打つ。

試《ため》しに足の裏で地面を軽く擦ってみた。確かにこのオムニコ!トは、平らだが柔《やわ》らかくて滑りやすい。

クレーコートは俺が通っていた高校にもあった。グラウンドと同じような感覚だろう。ハードコートは多分、体育館の床《ゆか》と同じような感覚だ。硬くて平らな地面だと、確かにボールが変な方向にバウンドしないが、少々膝や腰《こし》に悪そうである。

「詳しいな。流石、スポーツ用品店の娘《むすめ》だ」

「そ、そうか？　なんでも訊いてくれていいぞ！」

成香は得意げに胸を張った。

「次はサーブ&レシーブの練習だ。その後はボレーの練習もして、それから簡単にアドバイスをさせてもらおう」

「ああ。頼む」

◆

その後、練習は一時間ほど続いた。

「少し休憩《きゅうけい》にしよう」

成香がラケットとボールを持ちながら、こちらへやって来る。

流石に一時間半も動き続けたので、成香も疲労《ひろう》した様子を見せる。

しかしそれ以上に、俺は滝《たき》のような汗をかいていた。

「伊月、大丈夫か？」

「あぁ……辛《かろ》うじて」

汗が止まらない。

雛子のお世話係になってからも、護身術などを習って身体を鍛《きた》えていたので体力の衰《おとろ》えはないはずだが……成香の体力にはついていけそうになかった。

「伊月は球種の使い分けと、コースの使い分けが課題だな。無意識に相手コートの中心にボールを打っているから、左右のどちらかにばらけさせた方がいい。……伊月が今疲れているのは、私が左右にコースを散らしたからだ。反対に私が今、それほど疲れていないのは、伊月が私の正面にボールを打ってくれているからだ」

「……なるほど。俺は、相手が打ちやすい場所にボールを打ってしまっているのか」

「そういうことだ」

単純な体力勝負で負けたわけではなさそうだ。

成香に教わったことは、ちゃんと記憶《きおく》する。

「此花さんは正直、教えることがないくらい上手だ」

「都島さんほどではありませんよ」

「謙遜《けんそん》しないでほしい。サーブとレシーブは安定しているし、ボレーもちゃんとできている。此花さんらしい隙がない実力だ」

成香は雛子のことをべた褒《ぼ》めした。

「ただ、高い打点のショットが若干《じゃっかん》不安定だと思う。特にバックハンドだ。此花さんはボレーが上手いから前に出たいと思うが、あれではスピンショットでベースラインに縫《ぬ》い付けられてしまうぞ」

「スライスで凌《しの》いだ方がいいでしょうか？」

「いや、可能なら普通《ふつう》に打ち返せるようになった方がいい。球威《きゅうい》はいらないからコントロールが欲《ほ》しいな。緩《ゆる》い球が来たらフォアハンドに回り込んでもいいと思う」

なんとなく何を言っているのか分かったが、ほぼ初心者の俺にとっては別次元の話に聞こえた。しかし雛子には理解できるらしく、真剣な表情で頷いている。

「汗をかいたな。少し水を飲んでくる」

そう言って成香は水飲み場へ向かった。

その後ろ姿を、俺と雛子は見送る。

「……ことスポーツに関しては、成香は本当に凄《すご》いな」

「ん。……都島さんが、テニス部門に出てなくてよかった……」

雛子が素直に人を褒めるのは、多分、珍《めずら》しい。

実際、もし成香が競技大会でテニス部門に出ていたら、優勝を目指す雛子は猛練習《もうれんしゅう》しなければならなかっただろう。

（自覚はしてないだろうが、雛子との話し方も自然になっていたな。……やっぱり自分が得意な分野が絡《から》むと、緊張《きんちょう》が解けるのか）

成香もずっと緊張しているわけではない。

気心の知れる相手の前や、自分が得意な分野では自然な態度が取れるのかもしれない。

もう少し、俺は成香のことを知るべきだ。

その先に成香の友達作りのヒントがあるような気がする。

「ひゃあっ⁉」

その時、成香が悲鳴を上げた。

「成香、大丈夫か？」

「う、ううぅ……伊月ぃ……っ」

地べたに尻餅《しりもち》をつく成香に近づく。

見れば、先程《さきほど》成香が使っていた水道の蛇口《じやぐち》から、勢いよく水が噴射《ふんしや》されていた。

明らかに水が出過ぎている。

「蛇口が壊《こわ》れていたのか」

「ああ……びしょびしょだ」

成香は頭から肩《かた》辺りまで水に濡《ぬ》れていた。

その様子を見ていた此花家の使用人が、慌《あわ》ててこちらへ近づいてくる。

「申し訳ございません！　私どもの不手際《ふてぎわ》で――」

「い、いや、大丈夫だ！　寧《むし》ろ涼《すず》しくなったくらいだ！」

深々と頭を下げる使用人たちに、成香は申し訳なさそうな顔をする。

まあ……確かに、涼しいかもしれない。

この暑い時期に、これだけ動き回った後だ。もし目の前にプールがあったら跳《と》び込みたいくらいである。

「ちょっと待ってろ、タオル取ってくる」

とはいえ濡れたままだと練習を再開しにくいので、俺はタオルを取ってきた。

「伊月ぃ……拭《ふ》いてくれぇ……」

「はいはい」

水に濡れたことより、急に水が噴射したことで驚いてしまったのだろう。

先程《さきほど》までの凛とした佇《たたず》まいは消えて、今の成香はしょんぼりしている犬のようだった。

そんな成香の髪《かみ》を、わしゃわしゃとタオルで拭いてやる。

（……雛子の髪とは、また違《ちが》った感触だな）

髪の長さも質感も微妙《びみょう》に違う。

雛子は俺にお世話される時、脱力《だつりょく》して身体を委ねてくるが、成香は時折拭いてほしいところをさり気なく俺に近づけていた。まるで大型犬が懐《なつ》いているかのようだ。

「……ふふっ」

不意に、成香が上機嫌《じょうきげん》に笑った。

「以前も伊月に、こうしてもらったことがあったな」

「え？　そうだっけ？」

「確か、雨が降った後、私が庭で走り回っていたのだ。そしたら私が転んで、髪が泥《どろ》まみれになってしまったから、伊月に拭いてもらった」

そういえば、そんなこともあった気がする。

なにせ幼い頃の記憶だ。全てを鮮明《せんめい》に覚えているわけではないが、成香は俺以上に当時のことを覚えているのかもしれない。

「懐かしいな。……昔から、伊月にこうしてもらうと気分が落ち着いたものだ」

成香は顔を綻《ほころ》ばせながら語る。

そこまで言われると……悪い気はしない。

「――何をしているんですか？」

いつの間にか傍にいた雛子が訊《き》いた。

「えっと……あの水道が壊れていて、成香が濡れてしまったから拭いていたんだ」

「……そうでしたか」

少し驚きながら説明すると、雛子は納得《なっとく》した。

今、一瞬《いっしゅん》睨《にら》まれたような気がするが……気のせいだろうか。

雛子も水を飲みに来たのだろうか。

水飲み場に近づいた雛子は、そのまま蛇口を捻《ひね》り――顔面から水を浴びた。

「すみません、やってしまいました」

「なんで⁉」

ついさっき、その蛇口は壊れていると言ったばかりなのに。

「こ、此花さんも、うっかりすることがあるんだな……」

成香が驚いた様子で言った。うっかりで済ませていいのか……？

雛子は成香と同じように、頭から肩までを濡らした状態で俺に近づく。

「私も拭いてください」

「……分かりました」

困惑《こんわく》を抑《おさ》えきれないが、俺は頷いた。

念のためタオルをもう一枚持ってきていたので、俺はそれを雛子に使う。

「こ、これでいいでしょうか……？」

「はい。……ふふ、優《やさ》しい手つきですね」

いつものお世話とはまるで違う。

俺は緊張しながら、雛子の髪を拭いた。

（まさか、お嬢様《じょうさま》モードの雛子をお世話するとは……）

屋敷《やしき》にいる時の雛子と今の雛子は全く違う。

それでも、髪のサラリとした感触や、微《かす》かに漂《ただよ》う甘《あま》い香りは、いつもの雛子と変わらなかった。改めて、あの常時眠《ねむ》たそうな少女と、誰《だれ》もに敬われる目の前のお嬢様は、同一人物なのだと思い知らされる。

「……む」

そんな俺たちの様子を見て、成香は唇《くちびる》を尖《とが》らせた。

「友成さん。ストレッチに付き合っていただけますか？」

「え？　……はい」

雛子が地面に腰を下ろして、身体を伸《の》ばそうとした。

俺は雛子の肩をゆっくり押す。

自然と、俺たちの顔は近づいた。

「こ、此花さん！　それはちょっと……ち、近くないだろうか⁉」

「そうでしょうか？」

成香の指摘《してき》は正しいような気がした。

しかし雛子は、平然としている。

「友成さん。そのまま、私に身体を預ける感じで……」

「こ、こうですか？」

「そうです。……あ」

唐突《とうとつ》に、雛子が小さく声を漏《も》らす。

「……友成さん、しっかりした身体つきなんですね」

少し頰《ほお》を赤らめて雛子が言う。

これは――演技なのだろうか？

「れ、練習を再開する！　再開するぞっ!!　今すぐ再開だっ!!」

成香が大声で言った。

正直、助かる。このまま雛子と一緒《いっしょ》にいると妙《みょう》な気分になりそうだった。

「次はどんな練習をするんだ？」

「そうだな。サーブやボレーの練習もした方がいいが……試合形式もやっておきたいな」

成香が考えながら言う。

「そう言えば、成香と此花さんはどっちが強いんだ？」

試合という単語を聞いて、俺はつい疑問を口にした。

成香と雛子は、一瞬《いっしゅん》だけ顔を見合わせる。

「それは……やったことがないから分からないな」

「そうですね。授業でもテニスはまだですし……」

お互《たが》い「分からない」と答えるが、内心では気になっているようだ。

「……此花さんさえよければ、試合をさせてもらってもいいか？」

成香が提案する。

雛子は少し悩《なや》んでから、

「ええ、よろしくお願いいたします」

首を縦に振《ふ》った。

自分のことで頭がいっぱいなので忘れがちだが、今日は俺だけでなく雛子も練習に励《はげ》む日だ。しかも雛子は競技大会で優勝を目指している。

（……競争心があった方がいい練習にもなるかもな）

なんとなく、軽く済ませようという空気を感じたので、俺は提案する。

「……どうせ試合をするなら、何か賭《か》けてみるのはどうだ？」

「賭け？」

首を傾《かし》げる二人に、俺は続ける。

「例えば、勝った方は負けた方に何かを要求できる、みたいな」

そこまで提案してから、俺は気づいた。

冷静に考えたら、この二人は日本を代表するお嬢様である。俺たち庶民《しょみん》にとっては、罰《ばつ》ゲームのネタは飯を奢《おご》るなどが定番だが、この二人はそもそも金に困っていない。

相手に要求したいことがないなら、この案はなしだ。

そう思い、先程の言葉を撤回《てっかい》しようとしたところ……。

「じゃ、じゃあ……勝ったら、伊月と一緒に出かけるとかは、どうだ？」

成香が、どこか緊張した面持《おもも》ちで告げる。

「え、俺？」

そこで俺が呼ばれるとは思わなかった。

「いいでしょう」

雛子は真剣な眼差《まなざ》しで頷いた。

二人はラケットとボールを持ってコートへ向かう。

（……まあ、今の俺の立場だと、成香と簡単に出かけることはできないからな）

俺と成香の間には積もる話がある。なにせ俺たちは一応親戚《しんせき》であり、数年ぶりに再会したのだ。これまでの学院生活で何度か雑談はしてきたが、まだ語り合えることは多い。

しかし俺は今、此花家で働いているので、簡単に成香との時間は作れない。だから成香は俺と出かける権利を要求したのだろう。

まあ……そのくらい、静音さんに頼めば普通に許可が出そうだが。

正直、二人の試合には興味があるのでこのまま見届けることにする。

「ルールはワンセットマッチ。タイブレークありでどうだ」

「問題ありません」

成香の提案に、雛子が頷く。

「伊月、審判《しんぱん》を頼めるか？」

「ああ」

ベンチの間にある、審判台に俺は座《すわ》った。

さて……片や完璧《かんぺき》なお嬢様と呼ばれる学院随一《ずいいち》のお嬢様、片やスポーツなら誰よりも優れていると噂《うわさ》のお嬢様。

果たしてどちらが強いのか、これは見物だ。

学院の皆《みな》にとっては、金を払《はら》ってでも見たい試合ではないだろうか。

ラケットの表裏でどちらがサーバーか決める。

成香がサーバーになったので、ボールを持った。

成香がサーブを打つ。
剛速球《ごうそっきゅう》がサービスエリアの隅《すみ》に落ちた。
雛子は触《さわ》ることもできず、ポイントを取られる。
「フィフティーン・ラブ」
つまり一対〇。
成香は再びサーブを打った。
「サーティ・ラブ」
また成香がポイントを取る。
今度は雛子も打ち返したが、ボールはネットに引っ掛《か》かった。
（流石《さすが》に、雛子が不利か……？）
これで成香は二ポイント連続で、サービスエースを取っている。
完璧なお嬢様と呼ばれる雛子でも、流石に成香には勝てないのか……？
そのまま成香の優位は続き、第一ゲームは成香が取った。

◇

　第一ゲームが終わった後。

　テニスは奇数《きすう》のゲームが終わったタイミングで、チェンジコートを挟《はさ》む。雛子と成香はそれぞれコートを交換《こうかん》するべく、移動を始めた。

　その途中《とちゅう》……雛子は成香に声を掛ける。

「都島さんは、どうして友成君と出かけたいのですか？」

　それは、伊月には聞こえない程度の潜《ひそ》めた声だった。

　雛子の問いに、成香は狼狽《うろた》える。

「ど、どうしてって、それは……」

「まあ、分かります。友成君は一緒にいて心地《ここち》いいですからね」

　雛子はネットの近くに落ちていたボールを拾いながら言った。

　その言葉を聞いて成香は目を丸くする。

　貴皇学院でも随一のお嬢様が……たった一人の男子にそのような思いを抱《いだ》くのか。

　薄々《うすうす》、距離《きょり》感が近いとは感じていた。

　しかし本人から改めて告げられると、動揺を隠《かく》しきれない。

「こ、此花さんも、そう思っているのか……？」

「ええ」

雛子は首を縦に振る。

「この前、二人で出かけた時もとても楽しかったですし――」

「ふ、二人で出かけたっ⁉」

あの、学院でも一番の高嶺《たかね》の花《はな》と言われる此花さんが……。

今まで一度も浮《う》いた話を聞いたことがない此花さんが、異性と二人で出かけた？

驚愕《きょうがく》する成香を他所《よそ》に、雛子は柔和《にゅうわ》な笑《え》みを浮かべて続ける。

「それに、伊月君は――」

その言葉を聞いて、成香は目を見開いた。

「――っと、失礼。友成君は……」

「今なんて言った⁉　今なんて言った⁉」

雛子は「なんのことでしょう？」とでも言わんばかりに首を傾げた。

次は雛子がサーバーだ。

成香はボールを雛子に渡《わた》しながら、コートに向かう。

(くぅ……っ‼　私は、知っているんだぞ……！　伊月が此花さんのことを、下の名前で呼んでいることを……っ‼)

成香は力強くラケットを握《にぎ》り締めた。

ネットを挟んだ先にいる雛子を、鋭《するど》く睨《にら》む。

（お前たちは、どういう関係なんだ……っ!!）

◆

二ゲーム目。雛子がサーブを打った。

成香ほど球威は強くないが、コースが正確だ。

力強い球威でスピーディーに試合を展開する成香と違い、雛子はコントロール重視の丁《てい》寧《ねい》な戦い方をしているように見える。

ショートクロスやドロップショットなど、色んなショットを器用に使い分ける。成香も言っていたが、まさに隙《すき》のない強さだ。

「サーティ・フィフティーン」

雛子が一ポイント有利になった。

テニスは基本的に、サーブを打つことができるサーバーの方が点を取りやすいスポーツである。勿論、選手の技量によって多少の変化はあるが、プロの試合は大体そうだ。

何故《なぜ》ならテニスでは、サーブだけが唯一《ゆいいつ》、自分の自由に打てる。打つタイミングも打つコースも、相手に影響《えいきょう》されない。だからこそ逆に、レシーバーがゲームに勝利することはブレイクという仰々《ぎょうぎょう》しい言い方をされるのだ。

つまりテニスは、サーバーが有利になりやすい。

第二ゲームは雛子がサーバーなので、雛子が有利には違いないのだが――。

「フォーティ・フィフティーン」

再び雛子がポイントを取った。

これで、あと一ポイントで雛子がこのゲームを取ることになる。

しかし俺は、妙な違和感《いわかん》を覚えた。

（……あれ？　成香の調子が悪くなったな）

どうも先程から、成香の動きが精彩《せいさい》を欠くような気がする。

何かあったのだろうか、と疑問を抱くうちに、第二ゲームは雛子の勝利で終わる。

サーブとレシーブが入れ替《か》わり、今度は成香がサーバーになる。

しかし、第三ゲームも雛子が勝利した。――ブレイクだ。

成香の不調は続く。

次はチェンジコートだ。二人は移動を始めた。

◇

移動を始めた成香は、ネットの近くに落ちていたボールを拾う。

丁度、雛子が近い位置にいた。

「……そういえば、先程は此花さんも伊月に髪を拭《ふ》かれていたな」

成香は、伊月に聞こえない程度の声量で言う。

「？　ええ、それが何か……？」

「もしや、普段《ふだん》も伊月に髪の手入れをしてもらっているのか？」

そんな成香の問いに、雛子は一瞬だけ回答に詰《つ》まった。

だがやがて、雛子はいつも通りの上品な笑みを浮かべ、

「どうでしょうね。偶に、していただくこともありますが……」

曖昧《あいまい》に、雛子は肯定《こうてい》する。

その言葉を聞いて、成香は微かに口角を吊《つ》り上げた。

「伊月は髪の手入れが上手いだろう？　なにせ初めてではないからな」

「……どういう意味ですか？」

「幼い頃《ころ》、私は髪の手入れに無頓着《むとんちゃく》でな。だからいつも、適当に髪を伸ばしたまま道場で

身体を動かしていたんだが、ある日、伊月に『それじゃ動きにくいだろ』と指摘されて髪を結んでもらったんだ。以来、私は伊月に髪を手入れしてもらうことが増えた。……伊月は忘れているかもしれないが、私の今の髪型《かみがた》は、伊月が考えてくれたものだ」

成香は自慢《じまん》げに、一つに結ばれた黒髪《くろかみ》を手で掬《すく》い上げて見せた。

同性から見ても美しい艶《つや》やかな黒髪だった。褒《ほ》められ慣れている雛子ですら、成香の髪は魅力的《みりょくてき》だと思う。

チェンジコートが終わり、今度は雛子がサーバーになった。

（……私が、初めてじゃないんだ）

ボールをトスしながら、雛子は成香に告げられた話を思い出す。

（ふーん……）

視界の片隅《かたすみ》に、審判を務める伊月の姿が映った。

（…………………ふーん）

◆

第四ゲームに入った後。

先程までは雛子が優位だったが、ここにきてまた趨勢《すうせい》に変化が起きた。

「ダブルフォルト。……ラブ・フォーティ」

雛子が連続でサーブに失敗した。

これで成香は、あと一ポイントでこのゲームに勝つことができる。一方、雛子はまだ一ポイントも取っていない。

（……今度は、雛子の調子が悪くなってきたな）

お世話係として、雛子の不調には注意しなくてはならない。

真っ先に懸念《けねん》したのは体調不良だが……見たところそうではないようだ。ちゃんと走れているし、疲労もそこまで深刻ではない。

どちらかと言えば、フィジカルではなくメンタル面で不調になっているように見える。

時折、眉《まゆ》を顰《ひそ》めて俺《おれ》の方を睨んでいる気もするが……何故だろうか。

雛子はボールをトスして、サーブを打とうとする。

「──うおっ⁉」

ボールが俺の鼻先を横切った。

普通、サーブで打ったボールが審判台の近くを通過することはないはずだ。特に雛子の腕前《うでまえ》で、これほどコントロールをミスするとは思えない。

「ダ、ダブルフォルト……」

とにかく、第四ゲームは成香の勝ちで終わった。

二人はネットに引っ掛かったボールを拾いに行く。

その途中、二人の視線は俺に注がれた。

「……友成君」

「……あとで話があるからな」

どうして俺は二人に睨まれているのだろう。

◆

試合の結果は、成香の勝利だった。

最初こそお互いの調子に波があり、勝敗の行方《ゆくえ》も予想できなかったが、やはりスポーツに関しては成香に軍配が上がった。後半になるにつれて成香は地力を見せ始め、多少の心理戦では揺《ゆ》らがない圧倒的《あっとうてき》な実力を示してみせた。

「伊月！　約束だからな！　今度、一緒に出かけるぞ！」

「あ、ああ。分かった」

そういえばそんな賭けをしていたな、と思い出す。

「ふふ……やった……っ！」

成香は大袈裟《おおげさ》なくらい喜んでいた。

一方の雛子は、最初こそ悔《くや》しそうにしていたが、次第《しだい》に落ち着きを取り戻《もど》し、

「まあ友成さんも忙《いそが》しいですから、その約束がいつになるかは分かりませんけどね」

「なっ⁉　そ、それは卑怯《ひきょう》だぞ、此花さん！」

「時期の指定はしていなかったはずです」

感情を表に出さない美しい笑みを浮かべる雛子に、成香は「ぐぬぬ」と唸《うな》る。

（二人とも、仲良くなったなぁ……）

試合を経て友情が生まれたのだろうか。まるで川原で殴《なぐ》り合いをした少年同士が握手《あくしゅ》するかのような展開は、時偶《ときたま》、お嬢様の世界でも起こり得るらしい。

その後、しばらく休憩してから俺たちは練習を再開した。

俺と雛子がラリーを続けていると、後ろで様子を見ている成香が適切にアドバイスをしてくれる。リアルタイムで指摘されるため、何を間違《まちが》えているのか分かりやすかった。

ようやくコツを掴《つか》んできたところで、練習の終了《しゅうりょう》が告げられる。

もう少し練習したかったが、気がつけば空は夕焼けに染まっていた。

じきに暗くなるだろう。このコートには一応、ナイター照明があるみたいだが、照明で照らされたボールは微妙に見えにくいのだ。昔、公園でテニスをしていたことがある俺はそれを知っている。

昼間から夕方まで、今日は十分練習できた。

俺たちは最後にシャワーを浴び、各々《おのおの》着替《きが》えてから解散する。

「成香、今日はありがとう。いい練習になった」

「そう言ってもらえたら幸いだ」

礼を言うと、成香は満足げに頷《うなず》いた。

「伊月は頭で考えながら動けるようになったが、その反面、偶《たま》にぎこちなくなる。ここは焦《あせ》らず地道に頑張《がんば》った方がいいだろう。……相手の動きを見て、その裏を突《つ》くことができれば確かに理想だが、伊月の場合はそれよりもまず、狙《ねら》ったコースへ打ち分けることに集中した方がいい」

「……なるほど」

俺が練習中に意識していたことを、ズバリ言い当てられたので少々驚《おどろ》いた。

練習の後半、俺は相手の動きを観察しながらボールを打っていたが……確かにあれは今の俺には不釣《ふつ》り合いなやり方かもしれない。

「ショットを安定させるなら壁打《かべう》ちでも十分練習になる。ただし長時間続けているとフォームが崩《くず》れることもあるから、そこだけ注意してほしい」

「分かった」

今度、静音さんに壁打ちできる場所があるか訊いてみよう。

成香は次に雛子の方を見た。

「此花さんは、やはり素晴《すば》らしい才能の持ち主だ。最初に説明した課題をちゃんと意識できている。あとは反復練習するだけで身になるだろう」

「ありがとうございます」

雛子が上品に頭を下げる。

試合中は対抗心《たいこうしん》に燃えていた二人も、今はすっかり元通りの様子だった。

「此花さん、ちょっとラケットを貸してもらってもいいか？」

「？　構いませんが……」

雛子は不思議そうにラケットを渡す。

成香は受け取ったラケットの、グリップ部分に注目した。

成香は足元に置いていたラケットバッグの中から、新品のグリップを取り出し、ラケットと一緒に雛子へ渡した。

「此花さんは繊細《せんさい》にボールをコントロールするタイプだから、こっちの薄《うす》いグリップの方が合っているかもしれないな。打つ時の感触《かんしょく》が伝わりやすいと思う」

「なるほど……是非《ぜひ》使わせていただきます」

雛子はグリップを受け取った。

そんな成香の手際《てぎわ》よい指摘に、俺は素直《すなお》に感心する。

「成香は、人にものを教えるのが上手《うま》いな」

「そ、そうか？　こういうのはあまり経験していないから、褒められたのは初めてだ」

嬉《うれ》しさと恥《は》ずかしさを同居させて、成香は笑った。

意外だが、成香は教師に向いている性格かもしれない。

「……月曜日は、また私が頑張る番だな」

ふと、成香が夕焼けに染まった空を眺《なが》めて呟《つぶや》く。

先程までの自信に満ち満ちた表情と比べ、今の成香はどこか不安げな顔をしていた。

思わず、俺は告げる。

「こう言っちゃなんだけど、本当に嫌《いや》なら競技大会を休むのも手だぞ。此花さんだって学院を休むことはあるし、うちの学院だとよくある話なんだろ？」

「それは、そうなんだが……」

貴皇学院の生徒たちは、特殊《とくしゅ》な家庭である場合が多い。時折、家庭の事情で学院を休む生徒は沢山《たくさん》いるし、雛子の場合は演技疲れで休むことも偶にある。

だから、競技大会を休むことは決して不可能ではないだろう。

成香が去年のトラウマをどうしても拭いきれず、心が病《や》むくらい悩んでしまうのだとしたら、俺は休んでもいいと思った。それは家庭の事情と同じくらい正当な理由だ。

しかし、成香はやがて小さく首を横に振る。

「……自分の弱さは、できるだけ克服《こくふく》したい。逃《に》げたところで何も変わらないからな」

成香が言う。

その言葉は俺にとって、とても強《したた》かなものに聞こえた。

「成香は……強いな」

「強い？」

「ああ。そんなふうに、自分の弱さと向き合えるなんて簡単じゃないと思う」

そう言うと、成香は微かに目を丸くした。

だがやがて苦笑《くしょう》する。

「私は強くない。むしろ弱さばかりだ。……しかしある日、とある人物に教えてもらったことがある。自分の弱さを認めることが、強さへの第一歩だと」

成香は語る。

「二人はもう理解していると思うが、私はとにかく不器用だ。それに、唯一の取り柄《とえ》と言っても過言ではないスポーツも、実を言えば最初から得意だったというわけではない。物心つく頃から、徹底的《てっていてき》に鍛《きた》え上げてきたものなんだ」

「え？」

そうなのか……？

俺が成香と初めて会った頃、成香は既《すで》に幾《いく》つかの武道を修めていた。柔道《じゅうどう》、剣道《けんどう》、合気道など、いずれも同世代とは一線を画する実力だったと記憶《きおく》している。

しかしあれは、天性のものではなく努力で積み上げてきたものだったらしい。

「私は、幼い頃から色んな挫折《ざせつ》や苦しみを経験した。気を失うほど走り続けたこともあるし、両手が豆だらけになるくらい竹刀《しない》を振ったこともある。それでも、思うように成果が出ないなんてことはザラだった」

成香は自らの掌《てのひら》に視線を落として言った。

よく見れば、その掌には幾つかの豆があった。

挫折や苦しみを経験しているのは、幼い頃だけではない。

成香は今も自分を鍛えている。

「そういう経験があるからこそ、最初の強さだけは手に入った気がする。……散々みっともない目に遭《あ》ってきたからな。私は、自分の弱さを受け入れることだけは得意だぞ」

己《おのれ》の未熟を明かしたかのように、成香は少し恥ずかしそうに笑った。

しかし、それは決して恥ずかしいことではない。

（そうか。……だから、成香は人にものを教えるのが上手いのか）

成香は気づいていないかもしれないが、俺には分かった。

自分の弱さを受け入れられるということは、他人の弱さにも寄り添《そ》えるということだ。

だから、あんなに丁寧に人へ指導ができるのだ。

弱さを──何かを苦手とする他人の気持ちが、理解できるからこその賜物《たまもの》である。

（……皆にも、知ってもらいたいな）

この成香の魅力《みりょく》は、多くの人に知られるべきだと思った。

色々と残念なところはあるが、やはり成香は尊敬に値する人物だと俺は思う。

そう思っていると、俺は成香にじっとりとした目で睨まれていることに気づいた。

「どうした？」

「……なんでもない」

何故か分からないが、成香は俺の顔を見て溜息《ためいき》を吐《つ》いた。

その後、一通りの挨拶《あいさつ》を終えた俺たちは、それぞれの帰路につく。

俺と雛子は、静音さんと共に此花家の車に乗る。

車はゆっくり動き出した。

「今日は疲《つか》れたな」

「ん。……もう一歩も動けない」

先程まで背筋を伸ばしてお嬢様らしくしていた雛子が、脱力しながら言った。

俺も、シャワーを浴びたあたりから疲労《ひろう》を自覚していた。運動中はアドレナリンでも出ていたのか気づかなかったが、今すぐ眠れるくらいには疲れている。

「静音さん。屋敷の近くで壁打ちできる場所ってありますか？」

「道場の隣《となり》にバスケットボールのコート一面分の体育館があります。壁《かべ》の材質が合わないかもしれませんが……」

「ありがとうございます。取り敢《あ》えずやってみます」

空き時間ができれば、成香に言われた通り壁打ちで練習しよう。

雛子と違って俺は優勝しなくてもいい。学業と同じく、ボロが出ない程度に成績を残せばいいだけだが……どうせなら、できるだけいい結果を目指したいと思う。

そう思わせてくれたのも、成香のおかげだろう。

成香に色んなアドバイスを受けたことで、今の俺はモチベーションが上がっていた。

「俺たちも、なんとか成香の力になってやりたいな」

恩返しにテニスの指導をすると言われたが、今度は俺の方が恩を感じている。

月曜日に実行する作戦は何がいいか、考えていると……。

「……私も、考えてみる」

雛子が呟いた。

「結構、雛子も協力的だよな」

正直に言うと意外である。

雛子の本性《ほんしょう》は、別に他人に対して冷たいというわけではないが、それ以上にぐうたらな印象が強い。

「……都島さんの気持ちも、ちょっと分かるから」

眠たそうな声音《こわね》で雛子は言った。

「私も、都島さんも……周りからの評価と、ほんとーの姿が違《ちが》う」

「……言われてみれば、そういう共通点はあるな」

「ん。だから……大変なのも、分かる」

片や、実家がヤクザだの暴走族だの誤解されているが、その本性はただの臆病《おくびょう》な少女。

片や、完璧なお嬢様と呼ばれ多くの尊敬を集めているが、その本性はぐうたらな少女。

明確な違いがあるとすれば、成香は意図せずそうなってしまい、雛子は意図的にそうしていることだ。しかし結局、雛子も此花家の令嬢《れいじょう》としての義務によってお嬢様の演技を強《し》いられている。負担に感じているという点は、二人とも同じだろう。

雛子は、成香の気持ちが分かるからこそ協力的なのかもしれない。

「ところで……伊月」

雛子が、じっと俺の顔を見つめて訊《き》いた。

「都島さんの、あの髪型……伊月が考えたって、ほんと？」

雛子のまん丸な瞳《ひとみ》が、微かに険しくなったような気がした。

何故、雛子がそれを知っているのだろう……話したことはないはずだが。

「……まあ、本当ではあるな。でも凄《すご》く昔の話だぞ？」

「むぅ……」

雛子はつまらなそうな顔をした。

「私も……何か、考えて」

それは、髪型を弄《いじ》ってほしいということだろうか。

妙なところで対抗心を燃やす雛子に対し、俺は返答に困った。

「考えると言っても、今は紐《ひも》とか持ってないしな……」

「念のため予備を用意しています」

助手席にいる静音さんが、こちらを振り返って二つの紐を手渡《てわた》した。

用意がよすぎる……。

「……静音さん。最近、雛子に優《やさ》しいですね」

「私はお嬢様のメイドですから。……メイドとして、お嬢様の背中を押《お》しているだけです」

再び前を向いた静音さんは、こちらに視線を注ぐことなく返した。

初めて会った時は、雛子の我儘《わがまま》に対して、どちらかと言えば自制を促《うなが》していることの方が多かったような気もするが……心境の変化でもあったのだろうか。

或《あ》いは、心境が変化したのは雛子の方で、それを静音さんが察しているのか。

雛子は俺が髪《かみ》を弄りやすいように、こちらに背を向ける。

静音さんから受け取った紐を見ながら俺は考えた。

（一つに結ぶだけなら成香がやってるし、奇抜《きばつ》な髪型も天王寺《てんのうじ》さんがやってるし……）

何か勘違《かんちが》いされているかもしれないが……別に俺は、髪型に詳《くわ》しいわけではない。

せめて、雛子が新鮮《しんせん》な気分になれるようなものを考える。

普段は髪を下ろしているし、先程《さきほど》は髪を一つに結んでいた。なら……。

「……じゃあ、こんな感じで」

俺は雛子の髪を、二つに結んでみた。

いわゆるツインテールだ。

予想はしていたが、似合っていた。多分、雛子はどの髪型にしても大体可愛《かわい》くなる。高校生でツインテールなんて滅多《めった》に見ないが、金髪《きんぱつ》縦ロールと比べれば奇抜でもない。

「おぉぉ……」

雛子は窓ガラスに映る自分の姿を見て、感動しているような声を漏らした。

「えーっと、どうだ？」

「ん。……満足」

だいぶ安易に決めた髪型だったが、雛子は満足してくれたらしい。

雛子は身体を傾《かたむ》け、俺の膝《ひざ》に頭を乗せた。

ツインテールにまとめた髪が、ぺしりと俺の腕《うで》に触《ふ》れる。

「都島さんの気持ちは、分かるけど……譲《ゆず》る気は、ないから」

小さな声で、雛子が言った。

「伊月が……私以外を、お世話するのは…………いや」

そう言って、雛子は目を瞑《つぶ》った。

……心配しなくても、俺のお世話をここまで必要とする人は雛子しかいないだろう。

しばらくすると、規則正しい寝息《ねいき》が聞こえる。

今日は雛子にとって、休日のわりに体力を使った一日となった。疲れたのだろう。本音を言うと俺も軽く眠《ねむ》りたい。

「着きましたよ」

車が停《と》まり、静音さんが到着《とうちゃく》を告げる。

俺は膝の上にある雛子の頭を軽く叩いて「着いたぞ」と伝えた。

雛子が起き上がり、軽く欠伸《あくび》をする。

同時に、静音さんが助手席から降りた。

「華厳《かげん》様」

車の外で、静音さんが微《かす》かに驚きながら頭を下げた。

見れば、丁度俺《おれ》たちと同じように、華厳さんが車でこの屋敷《やしき》を訪《おとず》れていた。

「お疲れ様です。ご用件は？」

「休憩《きゅうけい》がてら寄っただけだ。次の打ち合わせ先がこの近くでね」

静音さんと華厳さんのやり取りを聞きながら、俺は車を出る。

一瞬《いっしゅん》、華厳さんと目が合った。

微かに緊張《きんちょう》しながら頭を下げる。

すると、車から雛子が降りた。

「んぅ……パパ？」

「雛子、今帰ってきたのか――――」

不意に華厳さんは言葉を止める。

目を見開いた華厳さんは、やがて怪訝《けげん》な面持ちで、

「……なんだ、その髪型は」

ツインテール姿の雛子を見ながら、華厳さんは言った。

マズい。

全身から冷《ひ》や汗《あせ》が垂れる。

「伊月に……やってもらった」

「……ほぉ」

正直に答える雛子。

華厳さんは、真顔で俺を見た。

「伊月君」

「は、はい」

「これは君の趣味《しゅみ》かい？」

「違いますっ!!」

正確には趣味かどうかは要検討というか、そんなこと考えずに決めた髪型だった。

大丈夫《だいじょうぶ》です、今だけです。雛子のイメージを壊《こわ》すような真似《まね》はしません。……そんな思いを込《こ》めて、俺は頭を下げた。

「え……違うの……？」

雛子はショックを受けたかのように、しょんぼりした。

頼《たの》む雛子……！

今だけは黙《だま》っていてくれ……！

◆

月曜日の放課後。

俺たちは階段の踊《おど》り場《ば》で集まり、作戦を共有していた。

「作戦について、俺と此花さんで色々話し合って思いついたことがあるんだけど……競技大会を話題に、誰《だれ》かと話してみるのはどうだ？」

きょとんとする成香に、俺は続けて説明する。

「土曜日、成香とテニスの練習をして気づいたんだけど、あの時の成香はいつもより自然体だったような気がする。此花さんとも普通《ふつう》に話せていたし」

「い、言われてみれば、そうだな」

今気づいたように成香は言った。

土曜日の成香は、最後まで雛子と砕《くだ》けた態度で会話できていた。本人は無自覚だったようだが、それだけ自然体でいられたということだろう。

「それで、成香も自分の得意分野なら話しやすいんじゃないかと思ったんだ。だから競技大会で自分と同じ剣道部門に参加している人に声を掛けてみるのはどうだろう？」

「し、しかしだな、伊月。私はそもそも、去年の競技大会で盛大《せいだい》にやらかしてしまったことが切っ掛けで困っている。競技大会の話題は危《あや》ういんじゃないか？」

成香は不安そうに告げた。

「その考えは一理あるが……」

中々言いにくい話なので、俺は少し返答に詰まる。

「……ぶっちゃけ、成香のイメージは学院全体に浸透《しんとう》している気がするし、その辺はあんまり気にしなくてもいいと思うぞ」

「く……っ、認めたくないが、その通りかもしれない……」

今、学院に浸透している成香のイメージは、去年の競技大会とは関係ない気がする。イメージだけが独り歩きしている状態だ。

「俺は寧《むし》ろ、競技大会や剣道に興味を持っている人こそ、一番誤解を解きやすいと思っている。スポーツに真剣《しんけん》な人であればあるほど、成香と話が合うだろうし」

「それは……そうかもしれないな」

成香は納得《なっとく》した様子を見せた。

「……分かった。やってみよう」

成香が頷く。

「剣道部門に誰が出るのか分かるか？」

「B組の生徒なら分かる。……見つけたら、声を掛《か》けてみようと思う」

ゴクリと、緊張から出た唾《つば》を飲み込みながら成香は言った。

俺と雛子は少し離《はな》れた位置に移動し、成香を見守る。

廊下《ろうか》の方から、一人の女子生徒が歩いてきた。

「よ、よし、行くぞ……っ」

小さな声で、成香は自らを鼓舞《こぶ》した。

あの女子生徒が、B組の剣道部門に出る生徒の一人らしい。

「そ、そこの君！」

「はいっ⁉」

職質みたいな声の掛け方だった。

滑《すべ》り出しは順調とは言えない。

さて、ここから成香は挽回《ばんかい》することができるだろうか。

「き、君は去年、剣道部門に出ていたな？」

「は、はい……っ」

女子生徒は既に若干《じやっかん》泣きそうな顔をしていた。

「今年も、出るのか……？」

「は、はぃぃ……」

震《ふる》えながら、女子生徒は頷く。

そんな彼女《かのじょ》に成香は、魔王《まおう》の如き笑みを浮かべ、

「今年も……負けないからな」

「ひぃ……ま、参りましたぁ……っ」

女子生徒は涙目《なみだめ》になりながら降参した。

戦わずして勝利するとは、これが本当の強さか——なんて言っている場合ではなく。

立ち去る女子生徒を棒立ちで見送る成香に、俺は近づいた。

「威圧《いあつ》してどうする」

「あいたっ」

成香の頭に軽く手刀を落とした。

なんて不器用な少女だ……頭を抱《かか》えたい気分になる。

「やっぱり、もう少し作戦を考えてみるか？」

「……いや」

成香は考えた後、首を横に振《ふ》った。

「伊月も此花さんも協力してくれているんだ。私も、もっと頑張ってみる」

「……そうか」

自分の弱さを認める強さ。それが成香の武器だ。

多少の失敗でへこたれる少女ではない。

「しかし、やっぱり緊張してしまっているな」

やる気があるのはいいが、結果が伴《ともな》っていない。

普通、初対面の相手と話すと多少は緊張するものだが、成香は緊張し過ぎている。せめてもう少し、リラックスして話せないだろうか。

「……なんとかして、俺と同じように他の人と接することはできないか？」

「そ、それは……難しいと思う」

成香は難色を示した。

まあ、それができれば苦労しないか。

「なら、俺と似ている雰囲気《ふんいき》の人がいればどうだ？　普通に話せるかもしれないぞ」

我ながら名案かもしれないと思った。

懸念があるとすれば……このセレブだらけの学院に、庶民《しょみん》である俺と似たような人がいるとはとても思えないことくらいである。

しかし、探せば一人くらいいるかもしれない。

「いや……多分、無理だ」

それでも、成香は難しい顔で答えた。

「似ているとかでは、意味がない。……私にとっては、伊月だけが特別なんだ」

きっと裏のない純粋《じゅんすい》な発言なのだろう。成香は真剣な表情で言った。

しかしその言葉は、俺の正気を奪《うば》いかねない破壊力《はかいりょく》を伴っていた。

「そ、そうか……」

成香の、俺に対する信頼《しんらい》がはっきりと伝わったような気がした。

そこまで想《おも》われているとは……嬉しさと気恥《きは》ずかしさが込み上げる。

「――作戦は決まりましたか？」

「うあっ⁉」

いつの間にか、雛子が成香の背後に回っていた。

いきなり後ろから声を掛けられた成香は、肩《かた》を跳《は》ね上げて驚愕《きょうがく》する。

「ひ、久々に後ろ取られた……此花さんは暗殺者の才能があるぞ……」

後ろを取られたことを毎回記憶している成香も大概《たいがい》である。

「結局、正攻法《せいこうほう》しかないという結論が出たな」

横道に逃げようと思っても、見つからない。

根気よく、正面からぶつかっていくしかないだろう。

「……そうだ。試《ため》しに、直前まで俺と話してみるか。そうすれば、俺と話す延長で他の誰かとも話せるかもしれないぞ」

「わ、分かった。やってみる」

成香は首を縦に振った。

この程度の工夫《くふう》でどれだけの結果が出るかは不明だが、ないよりマシだ。

しかし話すと言っても、どんな話題にすればいいだろうか。

悩《なや》んだ結果、俺は素直に頭の中にあった疑問を口にすることにした。

「そういえば、成香はあれからずっと駄菓子屋《だがしや》に通っていると話していたが、それについて家族は何も言ってこないのか？」

「いや、昔は色々言われていたぞ。身体に悪いとか、買いに行くまでの道中で誘拐《ゆうかい》されたらどうするんだとか」

成香は過去を思い出しながら答えた。

駄菓子屋は大体、入り組んだ場所にあることが多い。もし雛子が一人で駄菓子屋に行こうとしたら、きっと華厳さんも誘拐を危惧《きぐ》して許可しないだろう。

「しかし私にとって駄菓子は伊月との思い出だ。故《ゆえ》に反対の声には耳を貸さず、駄菓子を食べ続けてきたわけだが……するとある日、父が『ひょっとしてスポーツと駄菓子は相性《あいしょう》がいいのか？』と妙《みょう》な発想に至ってな。試しに大型店のレジに駄菓子を並べてみると、これが子供たちの間で大流行して売上が伸《の》びたんだ。テレビの特集などによる効果も相まって、うちの株価はしばらく右肩上《みぎかた》がりに——」

「待て待て待て……インパクトが強すぎて本題を忘れてしまう」

雑談のつもりだったのに、まさかこんな濃《こ》いエピソードが始まるとは……。

しかし合点《がてん》がいった。駄菓子のおかげで売上が伸びたなら、もう成香のご両親も、成香を止めることができない。

雛子や天王寺さんと比べ、成香はわりとフリーダムなお嬢様《じょうさま》だったが、その理由はこれだろう。成香は都島家にとって、予期せず成果を出してしまったのだ。

「じゃ、じゃあこんな話はどうだろうか？　その……わ、私と伊月が一緒《いっしょ》に出かける件についてだが、そろそろ日程と行き先を――」

「あ、誰か来たぞ」

「えええええ⁉　このタイミングでか⁉」

成香は分かりやすく混乱した。

廊下の向こうから、一人の男子生徒が歩いてくる。

「あの男子も、同じクラスの人だ。でも確か、剣道部門ではなかったような……」

「じゃあスルーしてもいいかもな」

「あっ、で、でも確か、去年は剣道に出ていたような気がする……」

「じゃあ話しかけよう」

ひぃ、と成香が怯《おび》えた様子を見せた。

正直は美徳である。

去年、剣道部門に出ていたなら、話題は同じでいい。

「あ、あのっ！」

成香は意を決して、その男子に声を掛けてみた。

「確か、その、剣道部門に出る人だな？」

「……そうですが」

「その、どんな防具を使っているんだ⁉」

勇気を振り絞《しぼ》って、成香は訊いた。

今のはいい質問だと思う。

別に俺《おれ》も会話が得意というわけではないが、もし俺があの男子生徒の立場なら、その質問には大した手間もなく答えることができる。

しかし、その男子生徒は――。

「……なんでもよくないですか？」

あからさまに怪訝な顔で、そう答えた。

「そ、それは、そうかもしれないが……」

成香は反応に困っていた。

そんな二人の様子を遠巻きに見ていた俺は、おや？　と疑問を抱《いだ》く。

これは、今までとは違う。

「すみません。急いでいるんで」

そう言って男子生徒は成香の前から去って行った。

俺と雛子は、落ち込む成香に近づく。

「やはり、私の顔か……？　顔が駄目《だめ》なのか……？」

成香はいつも通り、自らの未熟を呪《のろ》っていた。

しかし——成香は気づいていないが、これはいつも通りではない。

「……成香、そこで待っていてくれ」

俺は先程《さきほど》成香と話していた男子生徒を追った。

（今のは、どう考えても向こうが悪い）

これまでの失敗は、どちらかと言えば全て成香の態度が原因だった。

しかし今回ばかりは違う。

あの男子生徒は、明らかに成香のことを邪険《じゃけん》にしていた。

終始愛想《あいそ》の悪い顔で、最後は適当なことを言ってその場を後にして……あの態度は成香でなくても傷つく。

しばらく廊下を歩くと、校舎を出た辺りで先程の男子生徒を見つけた。

案の定……全然、急いでいる様子ではない。学院内にあるカフェの看板を見て、暢気《のんき》に新商品をチェックしている。

「ちょっといいか？」

俺は男子生徒に声を掛けた。

「……なんだよ」

こちらを振り返るその生徒は、怪訝な顔をしていた。

俺と雛子は、二人のやり取りを遠巻きに見ていただけなので、この男子からすれば完全に部外者でしかないだろう。

しかし俺は……正直、少し腹が立っていた。

どうして皆《みな》、成香のことを誤解する？

どうして認識《にんしき》を改めようとしてくれない？

「さっきの、見ていたんだが……流石《さすが》にあの態度はないんじゃないか」

胸中に蟠《わだかま》る怒《いか》りをできるだけ抑《おさ》えて、俺は言った。

「お前には関係ないだろ」

「いや、ある。俺は成香の友人だ」

反論しながら、頭を落ち着かせる。

別に俺は、皆に成香のことを好きになってほしいわけではない。どうしても相性というものはあるし、気が合わない相手だって必ずいるだろう。

だが、それにしてもあの態度はないはずだ。

あんなあからさまに、人と距離《きょり》を取るのは……ただの嫌な奴《やつ》だ。

「成香は、皆が思っているような人じゃないんだ。気が合わないというなら無理して付き合わなくてもいいが……わざわざ冷たい態度は取らなくてもいいだろ」

そう告げると、目の前の男子は難しい顔をした。

俺の発言には一理あると感じているらしい。しかし——。

「噂《うわさ》通りの恐《おそ》ろしい人だったらどうするんだよ」

その男子は、眉間《みけん》に皺《しわ》を寄せながら言った。

「俺はいつも両親に厳しく言われているんだ。財力がある家には逆らうな、下手に機嫌《きげん》を損《そこ》なうと一家丸ごと潰されるぞって」

男子の言葉を聞いて、俺は一瞬、思考を停止した。

その発想は——その可能性は、完全に想定外だった。

この学院にいる生徒ではなく、その生徒の親。彼《かれ》らが都島家の令嬢である成香に、どのような感情を抱いているのか……そこまでは考えていなかった。

予想外の返答を受けて硬直《こうちょく》していると、その男子は続けて口を開く。
「お前、A組の友成だろ。知ってるぞ」
名前を呼ばれ、俺は目を丸くした。
その男子は、冷たい眼で俺を睨《にら》んだ。
「皆が皆、お前みたいに取り入るのが得意なわけじゃないんだよ」
そう言って男子は俺の前から去って行った。
「と、取り入る、って……」
口から言葉は零《こぼ》れ出たが、遠ざかる背中を呼び止めることはできなかった。
それだけ、今の発言は俺にとって衝撃的《しょうげきてき》だった。
(そんなふうに、思われていたのか……)
全く考えていなかった。
俺のことも、成香のことも、まさかそんなふうに思われていたなんて……。
(……ちょっと待てよ)
状況《じょうきょう》が変わった。
俺は冷や汗を垂らす。
(これ……成香だけじゃなくて、俺もヤバくないか?)

◆

屋敷に帰り、雛子と一緒に夕食や風呂《ふろ》を済ませたあと。

俺は自室の椅子《いす》に腰《こし》を下ろし、気を引き締《し》めた。

「……さて」

予習や復習など、本日のやるべきことは終わらせた。

ここからは、俺が学院から持ち帰った宿題をこなす時間だ。

――考えなければいけない。

あの男子に告げられた言葉を。

あの男子に注がれた視線の意味を。

（今の俺は、成香のことを言える立場じゃないかもしれない……俺はまず、自分自身の立ち回りを振り返るべきだ）

そもそも俺の、学院での立場は何だ？

主観ではなく客観で見なければならない。

俺は貴皇学院の編入生だ。ある日、いきなり二年A組の一員になった、庶民臭《しょみんくさ》さが抜《ぬ》けていない冴《さ》えない男子生徒である。

俺の実家は此花グループ傘下《さんか》の中堅企業《ちゅうけんきぎょう》ということになっている。天王寺さんはこの嘘《うそ》を見抜《みぬ》いているが、他の者は信じているはずだ。

編入からまだ三ヶ月しか過ぎていない。

有名企業の跡取《あとと》りとなる子供たちが沢山《たくさん》いるこの貴皇学院において、俺の実家は決して大きいものではないだろう。それに俺自身、学院内で特別成績がいいわけでもない。

だというのに俺は、学院中の憧《あこが》れである雛子たちと過ごしている。

雛子だけなら家の関係で納得できるかもしれない。しかし俺は天王寺さんや成香とも過ごしているのだ。

「……取り入っているように、見えなくもないか」

放課後、俺にそれを指摘《してき》した男子は、同じクラスではなくB組の生徒だった。

まさか他のクラスの生徒にあんなことを言われるとは思わなかった。

しかしそれだけ、俺は悪目立ちしていたのだろう。

(元凶《げんきょう》は……俺が認められていないことだよな)

俺が雛子たちと一緒に過ごしても自然に見えるなら、あんなこと言われないはずだ。

じゃあ、どうして俺は皆に認められていない？

それは多分……俺と雛子が、中途半端な距離感を保っているからだ。

雛子と俺が同じ屋敷に住んでいることがバレると、雛子の株が下がってしまう。だから俺はボロがでないように注意しなくちゃいけなかった。その注意の形として、俺は学院では雛子との付き合いを最小限に留《とど》めていた。

例えば昼休みは一緒に食事しているが、誰にも見つからないよう気をつけている。

他にも雛子が落とし物をしたり、道に迷ったりした時は、あくまでさり気なく手助けしている。付き従っているのではなく、偶々《たまたま》そこに居合わせたかのように。

俺たちは必要以上に関わらないことで、普通の間柄《あいだがら》であることを……ただのクラスメイト同士でしかないことを周囲に示そうとしていた。

今まではこれが正しいと思っていた。

しかし、どうやら違ったみたいだ。

なまじ距離があるからか、その最小限の付き合いがかえって目立って見えるのだ。

（というかもう、最小限じゃないよな……）

お茶会をした。

勉強会もした。

成香の相談に乗っている時も一緒にいた。

そういう光景が、周りの人たちにはあまり好ましく映らなかったのだろう。普段《ふだん》は教室の片隅《かたすみ》で目立たずに過ごしている俺が、ふとした時に学院で最高峰《さいこうほう》のお嬢様たちと一緒に過ごしているのだ。

ごますりが上手《うま》い奴……そう思われても無理はない。

(でも……それじゃあ俺は、もう雛子たちと一緒に過ごすべきではないのか?)

本当の意味で、最小限の付き合いにするべきか?

しかしそれは躊躇《ためら》われた。

学院にいる時の雛子は、完璧《かんぺき》なお嬢様として振る舞《ま》っている。

何も知らない人からは優雅《ゆうが》に見えているのだろう。だが、俺にはどこか必死に気を張っているようにも見えるのだ。

しかしそんな雛子も、俺と一緒にいる時は、偶《たま》に柔《やわ》らかい笑《え》みを浮《う》かべてくれる。

それが……俺の役割ではないだろうか。

あの笑顔《えがお》を否定していいのだろうか。

「……伊月」

「うおっ!?」

不意に背後から声を掛けられ、俺は驚《おどろ》いた。

「ひ、雛子……いつの間に部屋へ……」

「けっこー前から……いたけど」

全く気づかなかった。

それほど考え込んでいたらしい。

「一人で来たのか？」

「途中《とちゆう》まで、静音に送ってもらった……」

だよな、と俺は内心で納得した。

雛子は案内なしだと、俺の部屋に来るまで三十分かかる。

静音さんの姿は見当たらない。他に仕事でもあったのか、既《すで》にこの場を離れたようだ。

ふと、雛子が心配そうな目で俺の顔を覗《のぞ》いた。

「なんか……難しい顔してる」

「……ちょっと悩み事があってな」

赤裸々《せきらら》に語りにくい悩みだ。

だから俺は、最低限の……一番大事な質問をした。

「なあ雛子。学院にいる時も、俺と一緒にいたいか？」

そう訊くと雛子は不思議そうに首を傾《かし》げる。

「昼休みとか、一緒だけど……？」

「そうじゃなくて、昼休み以外も……例えば教室でも、休み時間に一緒に話すとか」

すると雛子は、すぐに頷《うなず》いた。

「とーぜん。……私は伊月と、ずっと一緒がいい」

「ずっと、か」

中々贅沢《ぜいたく》なことを言ってくれる。

しかしそれは、俺にとって嬉《うれ》しいものだった。

「分かった。……頑張《がんば》ってみる」

方針は決まった。

雛子のおかげで――いや、きっと雛子に何も言われなくても、俺は同じ考えに至っていただろう。

(……俺も、雛子と同じだ)

お世話係の役割はもう関係なかった。

これは仕事の話ではない。

これは俺の、感情の話だ。

(俺も……雛子たちと一緒にいたい)

雛子と、天王寺さんと、成香。

彼女たちの隣《となり》に立つ男として、今の俺は周りから相応《ふさわ》しくないと見られている。

だから変わらなくてはならない。

このままだと皆に迷惑《めいわく》を掛けてしまうかもしれないから。

「……色んな人に、認められないとな」

こんな悩みを持つのは生まれて初めてだった。

それでも俺は、退かないと決めた。

◇

伊月に部屋まで送られた後、雛子はベッドで枕《まくら》を抱き締めながらごろごろしていた。

「失礼します」

ドアが開き、静音が部屋に入ってくる。

静音はベッドで寝転《ねころ》がる雛子に近づき、手元の書類を見た。

「お嬢様、来週出席する食事会についてですが――」

そこまで言ったところで、静音は言葉を止める。

「んふー……」

雛子の様子が、いつもと違《ちが》う。

にやにやと妙な笑みを浮かべながら、雛子は何度も寝返《ねがえ》りを打つ。

「んへへ……」

「……どうしました、お嬢様？」

とても幸せそうな雛子に、静音は訊《き》いた。

「伊月が、教室でも一緒にいられるように、頑張るって……」

「教室でも一緒に、ですか？」

首を傾げる静音に、雛子は「ん」と頷いた。

「とても、嬉しい。……んへへ」

まるで夢でも見ているかのように、雛子はふにゃふにゃな笑顔を見せた。

「伊月さんは、どのような方法でお嬢様と一緒にいると言っていましたか？」

「それは……分からないけど」

雛子は先程《さきほど》伊月の部屋を訪れた時のことを思い出す。

「色んな人に、認められないとって……言ってた」

最後に伊月は、そんなことを呟《つぶや》いていた。

その意味はよく分からなかったが、妙に真剣な面持《おもも》ちだったことは覚えている。

「……なるほど。それは茨《いばら》の道ですね」

小さな声で、静音は呟いた。

「来週の食事会にて、華厳様からご連絡《れんらく》がありました。場所は――」

静音は予定通り、連絡事項《れんらくじこう》を伝える。

以前、伊月が会場までついてきた食事会と違い、今回は小さな食事会だ。三十分もかからない。これなら負担も少ないだろう。

雛子は「んむ、んむ」と眠そうに相槌《あいづち》を打った。

「では、私はそろそろ失礼いたします」

連絡を終えた静音は、一礼して雛子の部屋から出ようとする。

「……静音。いつもより、急いでる……？」

眠たそうな目を手の甲《こう》で擦《こす》りながら、雛子は言った。

今日の静音は、いつもより手短に連絡事項を話しているように感じた。

「申し訳ございません。これから伊月さんのところへ向かうつもりでしたので」

「伊月のところに……？　じゃあ、私も……」

「お嬢様はさっき行ったばかりでしょう。今日はもう寝《ね》てください」

「むぅ……」

雛子は反論したかったが、夜更《よふ》かしすると厳しめに叱《しか》られるので、今回ばかりは大人しく従うことにした。ただでさえよく寝る雛子は、寝不足になると学院でボロが出やすくなってしまう。静音はそれをよく知っていた。

「では、失礼します。……お嬢様。おやすみなさいませ」

「ん……おやすみ」

ふかふかの布団《ふとん》に入った雛子は、すぐに熟睡《じゅくすい》した。

◆

雛子を部屋に送った後、俺は再び自室で学院生活について考えていた。

俺は学院で、雛子たちの隣に立ってもおかしくない人間にならなければならない。

しかし具体的にどうすればいいのか分からなかった。

（この件に関しては、雛子たちにフォローされると逆効果だしなぁ……）

雛子たちは学院でも発言力が高い。だから彼女たちが俺のことをフォローすると、周りの俺を見る目も多少は変化するだろう。けれどそれは、より取り入っているように見えなくもない。だから雛子たちに頼《たよ》るのは憚《はばか》られた。

「……大正《たいしょう》や旭《あさひ》さんは、今思うと凄《すご》いよな」

あの二人は多分、雛子たちの隣に立っていてもそこまで不思議がられない。

本人たちは「恐れ多い！」と言いそうだが……あの二人はA組のムードメーカー的な役割を担《にな》っている。だから顔も広いし人望もあった。

大正や旭さんは、俺や雛子たち以外の人とも接している。

そこが、俺との差か……。

「失礼します」

悩んでいると、扉《とびら》をノックする音が聞こえた。

開いた扉の先から現れたのは——。

「静音さん……？」

「悩んでいるようですね」

静音さんは、俺の顔を見て言った。

「お嬢様から話は聞きました。……伊月さん、貴方《あなた》は学院で、お嬢様と堂々と肩を並べたいと考えているのですね？」

「……はい」

雛子にそこまで詳《くわ》しく話したつもりはない。

静音さんの洞察力《どうさつりょく》は凄《すさ》まじかった。

「そしてその結果、学院の人間関係について真剣に考えていると」

その答えも「はい」だ。

頷くと、静音さんは深く、ゆっくりと息を吐《は》いた。

溜息《ためいき》ではない。

まるで、心の底から感心しているような……。

「……今まで、お世話係は長くても一ヶ月で音を上げていました」

ふと、静音さんは語り出す。

「ですから、今までのお世話係は、学院の人間関係で頭を悩ませたことがありません。たったの一ヶ月では、悩むほどの人間関係も手に入れられませんから」

確かにそれは、そうだろう。

俺だってお世話係になって一ヶ月程度ではこんな悩みを抱かなかった。雛子のお世話と学院についていくことで手一杯《ていっぱい》だったと記憶《きおく》している。

「つまり、お世話係が学院の人間関係と向き合うのは……貴方が初めてです」

静音さんの真剣な眼差《まなざ》しが注がれる。

「これから先、色々と悩むこともあるでしょうが、ここは敢《あ》えて言わせていただきます」

心を込《こ》めるかのように、静音さんはゆっくり唇《くちびる》を開き、

「――よくぞ辿《たど》り着いてくれました」

静音さんは真《ま》っ直《す》ぐ俺を見据《みす》えて言った。

まるで、俺がこの問題に直面していることを喜んでいるかのようだった。

その態度を見て俺は確信する。

俺がこの悩みを抱くことは正解だったのだ。

退いてもよかった。お世話係として、雛子たちと距離を置くという選択《せんたく》はあった。

それでも敢えて、俺は踏《ふ》み込む選択をしたが――それは正しかったのだ。

俺よりも長く、雛子のことを見てきた静音さんが、その正しさを保証してくれる。

強く――背中を押《お》されたような気がした。

「これから一緒に考えていきましょう」

静音さんは、いつになく優《やさ》しい声音《こわね》で告げる。

「伊月さん。貴方が、本当の意味で貴皇学院の生徒になるには、どうしたらいいのか」

三章 ◆ 貴皇学院の生徒として

その日も貴皇学院の光景はいつも通りだった。

大企業《だいきぎょう》の社長や大物政治家など上流階級の子息令嬢《れいじょう》が通う、日本屈指《くっし》の名門校。莫大《ばくだい》な資金を持つこの学院には、広大な敷地《しきち》と充実《じゅうじつ》した設備があり、生徒たちはその恩恵《おんけい》を自由に受けられた。

今となってはその環境《かんきょう》に慣れつつあるが……俺は久々に、初めてこの学院に来た時のような緊張《きんちょう》を抱いていた。

朝のＨＲが始まる前、俺は席についている一人の男子に声を掛《か》ける。

「北《きた》君、ですよね？」

その男子は俺に声を掛けられるとは思わなかったのか、目を丸くして振り向いた。

「あ、はい。なにか……？」

「俺、友成《ともなり》っていいます」

知っているかもしれないが、改めて自己紹介《しょうかい》はしておこう。

込み上げる緊張を表に出さないよう、俺は慎重《しんちょう》に本題を切り出した。

「実はちょっと、相談したいことがありまして……」

あらかじめ用意していた台詞《せりふ》を口にしながら、俺は昨夜のことを思い出す――。

◆

「確認《かくにん》しますが、友成さんは学院でお嬢様と一緒に行動しても、悪目立ちしないようになりたいんですね？」

俺が貴皇学院の人間関係に切り込む覚悟《かくご》を見せた後、静音《しずね》さんは改めて質問した。

「はい。雛子《ひなこ》のイメージを崩《くず》す気はありませんが、少なくとも学友として、雛子の傍《そば》にいても不自然でない人物になりたいです」

流石に屋敷《やしき》にいる時の俺と雛子の距離感は、周りに知られてはならない。

だから例えば、昼休みの食事は今後も内緒《ないしょ》で続けるつもりだ。俺が雛子に弁当を食べさせたり、膝枕《ひざまくら》したりしている場面は誰《だれ》にも見せられない。

「それと……成香《なりか》の問題を解決したいと思っています」

「都島《みやこじま》様の？」

静音さんが首を傾げた。

そういえば成香の問題についてはまだ共有していなかった。

俺は、雛子と一緒に成香の友達作りを手伝っていることを静音さんに説明する。

（成香に友達を作らせるなら、まず俺自身が友達を作れるようにならないとな……）

成香の相談に乗ることが、奇《く》しくも自身を振《ふ》り返るいい機会になった。

この際だ。二つまとめて解決してしまおう。

俺も成香も、今まで以上に貴皇学院に馴染《なじ》んでみせる。

「では、伊月《いつき》さんの最初の目標は、新しい友人を作るということにしましょう」

静音さんが提案した。

雛子でも、天王寺《てんのうじ》さんでも、成香でも、旭《あさひ》さんでも、大正《たいしょう》でもない。

新しい友人を作って、新しいコミュニティを知る。

そうすることで、俺は貴皇学院の……二年A組の全容をより詳しく知ることができるだろう。俺は頷いた。

「以前、お渡《わた》ししたクラスメイトの名簿《めいぼ》はもっていますか？」

「あ、はい。確かこの辺に……」

机から紙束を取り出す。

これは俺が貴皇学院に通う際、静音さんから渡された資料の一つだった。初めて貰《もら》った時はとにかく忙《いそが》しくて、風呂場《ふろば》でこの資料に目を通していた気がする。

「この名簿から、伊月さんが話しやすい相手を探してみましょう」

それはまた……随分《ずいぶん》、慎重だ。

当然それはいいことだが、静音さんは俺の想像以上に慎重で堅実《けんじつ》な策を提示している。

「慣れると忘れがちですが、貴皇学院の生徒は上流階級の子女ばかりです。人付き合いに慎重なのは私たちだけではなく、彼らも同様でしょう。伊月さんはこの作業を仰々《ぎょうぎょう》しく考えているかもしれませんが、同じことをしている人はきっと沢山いますよ」

なるほど……。

無論、学院の生徒たちが上流階級であることは忘れていなかった。しかし最近は実感が弱くなっていたような気がする。

普段関わるメンバーが固定されつつあるせいで、俺は慣れてしまったのだ。

いつもの面子《メンツ》が相手だと、気心が知れているため肩《かた》の力を抜くことができる。最近はずっと肩の力を抜いていた。俺はそれを自覚していなかった。

だが、新しい人脈を築くとなると今までの振る舞いは通用しない。

相手が貴皇学院の生徒であることを、改めて認識する必要がある。

「家庭によっては、友人を一人作るために探偵《たんてい》を雇《やと》うところもあるようです」

「そんなことまで……」

「まあこれは、流石に過保護な例ですが、要はこのくらい慎重でも別におかしくないということです」

静音さんの話を聞いて、俺は一つ反省した。

貴皇学院は普通《ふつう》の学校ではない。だから、普通の学校で友人を作るためのテクニックが通用しないこともある。

成香に対して冷たい態度を取った、あの男子生徒がいい例だ。

彼は成香の実家が大きいため警戒《けいかい》していた。それは俺が元々通っていた高校ではまず存在しない価値観だ。

俺は、その価値観をちゃんと理解しなければならない。

「例えば、こちらの方はどうでしょう？」

静音さんが名簿に記載《きさい》されている、ある人物を指さした。

名前は……。

「……北祐輔《ゆうすけ》」

「中堅《ちゆうけん》ＩＴ企業の跡取り息子《むすこ》です。……伊月さんもＩＴ企業の跡取り息子という設定なので、似た境遇《きょうぐう》同士、話も弾《はず》むかと思います」

「でも俺、本当はＩＴに詳しいわけじゃありませんし、会話は弾まないんじゃ……」

「そこは勉強で補うしかありません」

ですよね、と俺は頷いた。

「確か、この設定でいくと決めた時に、ＩＴ関係の勉強はしていましたね？」

「はい。でもあれは本当に最低限なので、まだ勉強は足りないと思います」

「そうですね」

ボロを出さないための最低限の勉強しかしていないが、今の俺は、貴皇学院に相応しい生徒になるという、より高い目標を設定している。

長期的な努力が必要だ。……上手くいくだろうかという不安が過《よ》ぎる。

「……いっそ、本当に将来ＩＴ企業に勤めますか？」

「え？」

「伊月さんはお世話係として十分働いてくれています。ですからもし将来の進路でお悩《なや》みでしたら、此花《このはな》グループが便宜《べんぎ》を図《はか》ってくれると思いますよ。ＩＴ企業への推薦状《すいせんじょう》くらいなら貰えると思います」

「そ、そうなんですか……」

「はい。伊月さんがこの先、やらかさなければという前提ですが」

その可能性はゼロではないので、俺《おれ》はなんとも言えない気分になった。

雛子のお世話係を続けるために無断で屋敷に侵入《しんにゅう》したり、天王寺さんにこれ以上嘘をつき続けるのは無理だと判断して正体を明かしたり……既に何度か危ない橋を渡っている。

「将来どうするかはさておき……少なくとも、そのつもりなら話も弾みますし、勉強する気にもなるでしょう」

「……はい」

仮に将来IT企業に勤めるとしたら……そう考えると、勉強のモチベーションは向上する。どこまで勉強しても、間違《まちが》いなく将来の仕事に役立つからだ。

しかし何より、この北という男子と同じ目線で話すことができるのは大きい。彼はきっと紛《まが》い物《もの》の俺と違って、将来は本当にIT企業の社長になる。

「演じる、という認識を薄《うす》めてください」

神妙《しんみょう》な面持ちで静音さんは言った。

「今、伊月さんが直面している問題を解決するためには、伊月さんが本当の意味で貴皇学院の生徒になるしかありません」

「はい」

本当の意味で貴皇学院の生徒になる。

この言葉を、静音さんは改めて強調した。

「人間関係は、嘘やハッタリで誤魔化《ごまか》すことが難しい領域です。しかし裏を返せば演じる必要性がないということになります」

つまり、ここから先は素の俺で立ち向かうしかないということだ。

「ご自分の意志を尊重して行動してください。私も正解を導けるとは限りませんが、できる限り貴方をサポートします。二人で一緒《いっしょ》に乗り越《こ》えていきましょう」

優しさの滲《にじ》み出ている言葉だった。

嬉しいと思う一方、俺はつい静音さんの顔をまじまじと見てしまう。

「どうかしましたか？」

「いえ……なんていうか、とても乗り気に見えたので」

静音さんはきょとんとした。

自覚がなかったようだ。

「……本格的に、替《か》えがきかなくなってきましたからね」

自分の心境を丁寧《ていねい》に掬《すく》い上げるかのように、静音さんは言う。

「今後、伊月さん以外にお世話係を雇ったとして、果たしてここまでお嬢様《じょうさま》のために献身《けんしん》的に働いてくれる方が現れるかどうか……」

　きっと現れないだろう、という静音さんの考えが伝わった。

　しかし俺は、今の発言に僅《わず》かな引っかかりを覚える。

　俺は、仕事をこなすためだけに、ここまで真剣《しんけん》に頭を悩ませているわけではない。

「……もう殆《ほとん》ど、働いているという認識《にんしき》はないですけどね。好きでやってることです」

　言わなくていいことだったかもしれない。

　しかし俺はこれを、単なる仕事の一言で片付けてほしくなかった。

　すると静音さんはゆっくり首を縦に振り、

「知っています。ですから私も、貴方の上司としてではなく、一人の知人としてお力添《ちからぞ》えしたいと思っているのです」

　そう言って静音さんは、優しく微笑《ほほえ》んだ。

「何か必要なものはありますか？　できる限りご用意いたします」

「えーっと、じゃあ取り敢えず、ＩＴ関係の勉強に力を入れたいんですけど……」

「教材一式を揃《そろ》えています」

　静音さんは一度部屋の外に出て、沢山の教材が入ったワゴンを運んできた。

　既に持ってきていたらしい。

「あと、できればパソコンも用意してもらえますか？　教科書を読むだけだと限界がありそうなので……」

「手配いたします」

静音さんはすぐに頷いた。

「他にも何か困ったことがあれば私にご相談ください。これからは、今まで以上に貴方のことをサポートしましょう」

この上なく頼《たの》もしい言葉だった。

あの静音さんが、俺のことをサポートしてくれると言っているのだ。

今なら大抵《たいてい》のことが成《な》し遂《と》げられそうである。

「静音さん……」

「はい」

「しずえもん……」

「次にその名で呼んだらちょん切ります」

久々に聞いた、その言葉。

流石《さすが》に調子に乗りすぎてしまったらしい。俺は無言で首を縦に振る。

(今まで俺は、貴皇学院のことをどこか他人事のように見ていた)

お世話係の仕事をこなすために、通っている学校であると。

そもそも自分のような人間が通うべき場所ではない学校であると。

どこか、当事者としての意識が欠けていた部分は否《いな》めない。

しかしこれからは違う。

（これからは……貴皇学院と、貴皇学院で過ごす人たちのことをもっと理解してみせる）

自分も貴皇学院の生徒なのだという認識を、強く持ってみせる。

「では、明日から早速頑張《さっそくがんば》りましょう」

「はい」

俺は早速、受け取った教材で勉強を始めた。

◆

「それで、相談って？」

北が俺の顔を見て訊く。

俺は昨夜静音さんから貰った教材のページを開いた。

「北君って、ＩＴ関係に詳しいと聞いたんですけど……この問題、解けますか？」

ちなみにこれは、話の切っ掛け作りのためだけに訊いているわけではない。昨晩、真剣に勉強しても本当に分からなかったことである。

静音さんもIT技術に関しては門外漢らしく、珍《めずら》しく答えを出せなかった。それでも基《き》礎《そ》は習得しているらしいので、確実に俺よりはできるのだが……。

「ああ、これ？　これは――」

北は理路整然と回答を述べる。

とても分かりやすい説明だ。口調も自信に満ちている。北はこの程度の問題、とっくに学習済みなのだろう。

「なるほど……ありがとうございます」

餅《もち》は餅屋《もちや》という言葉を、実感した瞬間《しゅんかん》だった。

「これって基本情報技術者の試験問題だよね。友成君、受けるの？」

「はい、家がそういう会社なので」

これは静音さんと決めたことだ。

当面の指標として、俺はIT関係の国家資格を取得することにした。

「北君はもう受けましたか？」

「うん。僕《ぼく》は今度、応用情報技術者の試験を受けるつもり」

俺が勉強している基本情報技術者の、一つ上の資格である。

一般的《いっぱんてき》には社会人になってから取得する資格だ。しかし、先程《さきほど》の分かりやすい説明を聞いた限り、北なら合格できるような気がする。

「俺たちみたいな境遇の人って、他にいるんでしょうか？」

「A組にはいないんじゃないかな。隣のクラスにはいるよ」

へぇ、と俺は相槌を打つ。

どうやら北は、自分と似ている境遇の人とある程度の繋《つな》がりを持っているらしい。

こういうところだ……俺が今まで見落としていたのは。

雛子や天王寺さんや成香たちだけではいけない。

貴皇学院の大多数とも、俺は向き合わなければならない。

「でも、ちょっとびっくりしたよ。友成君に話しかけられるとは思わなかったから」

北は苦笑《くしよう》して言った。

これは……詮索《せんさく》してもいいんだろうか？

いや、しなければならない。

その印象を覆《くつがえ》すために、俺は一念発起《いちねんほっき》したのだから。

「それについて訊きたいんですが……ぶっちゃけ、俺って悪目立ちしてましたか？」

勇気を出して訊くと、北は気まずそうな顔をした。

「ええと……まあ、その、否定はできないというか……」

「……やっぱり」

俺は項垂《うなだ》れた。

「俺としては、そんなつもりなかったんですが……どんなふうに見えてましたか？」

「うーん……なんていうか、友成君って編入した時は此花さんと一緒に学院を回っていたし、それ以降も天王寺さんたちとお茶会をしていたから……ひょっとしたら、あんまり俺たちみたいな普通の人には興味ないのかなって思ってはいたかも」

「全然そんなことないです……」

というか、俺にとっては貴方も普通ではありません……。

貴皇学院の生徒は人格者ばかりだ。

だから多少、人間関係がギスギスしていても、虐《いじ》めに発展することは恐《おそ》らくない。

しかしそれは裏を返せば、他人が自分をどう見ているか発覚しにくいとも言える。

以前、成香を邪険《じゃけん》にしたB組の男子生徒は、貴皇学院の生徒にしては珍しく感情的なタイプだったのだろう。彼《かれ》の言葉がなければ、俺はこの事実に気づけなかった。

(危なかった……このまま気楽に過ごしていると、俺は妬《ねた》みの対象になっていた)

そりゃそうだよな、と納得《なっとく》する。

有名どころとばかり接していると、周りから見れば鼻につくのは当然だ。

だから俺は、これから色んな人と付き合わなければならない。

できれば北には、その最初の一歩になってほしかった。

俺は微《かす》かな緊張と共に口を開く。

「もしよければなんですけど……今日の放課後、詳しく教えてもらってもいいですか？」

「えっ」

北があからさまに狼狽《ろうばい》した。

しまった、距離《きょり》を詰《つ》めすぎたか……？

成香にあれだけ指摘《してき》してきたというのに、自分のこととなればこれだ。俺も他人のことを言える身分ではなかったかもしれない。

しかし、胸中で不安が渦巻《うずま》く俺に対し、北は――。

「……いや、うん。僕でよければいいよ」

どういうわけか、先程までの狼狽が消えて好意的な返事をしてくれた。

「えっと……いいんですか？」

「うん。まあ、ちょっと驚いたけど……」

北は言葉を選ぶように告げた。

「友成君が、大正君と一緒にいる姿をよく見ているから」

「大正君ですか?」

「うん。僕は去年も大正君と同じクラスだったから、今も偶《たま》に交流があって……友成君は色々変わったことを知ってるって言ってたよ」

その言葉を聞いて、理解した。

北は、俺が大正と一緒に行動していたから、俺のことを信頼《しんらい》してくれたのだろう。

俺は今――大正の人望に助けられたのだ。

(ありがとう、大正……)

でもその変わったことって、多分最初のお茶会で説明した、三秒ルールとか借りパクとかワリカンのことではないだろうか。……若干《じゃっかん》、複雑である。

そう思ったところで、俺はふと考える。

もしかして……大正や旭さんは、俺が周りからどう思われているのか知っていたんじゃないだろうか?

あの二人の交友関係は広い。

きっと、俺に対する噂《うわさ》の一つや二つ、耳にしているだろう。

（最初に仲良くなったのが、あの二人でよかったな……）

周りの評判に流されることなく、俺と付き合ってくれて、本当にありがたい。

大正の実家は大手運輸業者である引っ越しのタイショウ。

旭さんの実家は大手家電量販店《りょうはんてん》のジェーズホールディングス。

どちらも一般《いっぱん》市民を顧客《こきゃく》とする、ＢｔｏＣの会社だ。その血筋だからかは不明だが、あの二人の他人に対する気遣《きづか》いは心の底から尊敬できる。

「それでは、放課後はよろしくお願いします」

北は「うん」と頷《うなず》いてくれた。

◆

放課後。

生徒たちが下校する中、俺は周囲に人影《ひとかげ》がないことを確認して、雛子に近づいた。

「雛子」

今なら誰にも聞かれていない。

廊下《ろうか》にいる雛子に、俺は素の言葉遣《づか》いで手短に用件を伝える。

「ごめん。今日は先に帰ってくれ」

「……都島さんのことなら、私も協力するけど……？」

「いや、今日は成香のことじゃなくて、俺自身のことというか……」

事情を説明すると中々長くなりそうだった。

どう説得すればいいか悩んでいると、雛子がこくりと首を縦に振る。

「……分かった」

何も説明しなくても、雛子は許可してくれた。

「伊月のこと、大体信用してるから……」

「大体……？」

「節操なしなところ以外……」

だからそれはどういう意味なんだ。

困惑《こんわく》していると、雛子が俺の顔を見つめる。

「……私に、できることはない？」

小首を傾《かし》げて雛子が訊く。

雛子の方からそんな言葉を掛けられると思わなかった俺は、思わず硬直《こうちょく》した。

「私も……伊月の力になりたい」

嬉《うれ》しいことを言ってくれる。

ニヤニヤと気味悪く笑ってしまいそうな顔を、どうにか抑《おさ》えてみせた。

「ありがとう。何か頼みたいことがあったら、相談させてもらうかもしれない」

「ん……お任せあれ」

そう言って雛子は踵《きびす》を返す。

しかし、最後に一度だけこちらを振り返り、

「早く……帰ってきてね」

寂《さび》しそうな顔で、雛子は言う。

一度、雛子を校門の前まで見送った。雛子が此花家の車に乗ったことを確認すると、助手席に座《すわ》る静音さんと目が合う。

静音さんには予《あらかじ》め電話で、今日はしばらく学院に残ると伝えてある。俺は静音さんに軽く会釈《えしゃく》してから、教室に戻《もど》った。

「お待たせしました」

教室で準備していた北に声を掛ける。

俺もすぐに教科書とノートを広げた。

「それじゃあ友成君、今朝の続きをやろうか」

「お願いします」

教えを乞《こ》う側なので、俺は頭を下げた。

その仰々しい振る舞《ま》いに北が軽く笑う。……多少は距離感が縮まったようだ。

それから、俺は北に色んな知識を教えてもらった。

(情報系の勉強って、思ったより楽しいかもな……)

二進数や論理演算といった基本的なところから、丁寧に説明してもらう。

元々、家が貧乏《びんぼう》だった俺は現代のテクノロジーに疎《うと》いところがあった。だからこそ興味が湧《わ》いてくる。

「と、まあ大体はこんなところかな。午前の問題は正直、過去問を暗記するだけでなんとかなると思うけど、午後の問題はもうちょっと基礎を学んだ方がいいね」

「分かりました」

だいぶ言葉を選んでくれてはいるが、流石にまだまだ知識が足りない。

手早く成果を求めるのではなく、根気よく勉強していこう。

それにしても、北は本当に博識だった。貴皇学院の生徒は皆《みな》、こんなに頭がいいものなのだろうか……今更《いまさら》ながら戦慄《せんりつ》する。

「北君は将来、どんな社長になりたいとかって考えているんですか？」

「いや、まだそこまでは考えてないかな。でも、経営だけじゃなくてちゃんと技術力のある人になりたいと思ってるよ。親の七光りって思われたくないし」

将来の展望もしっかり考えていた。

と、そこで北は教室の時計を見た。

「ごめん友成君。僕の家、門限があるからそろそろ帰らないと」

「色々教えてくれてありがとうございます」

北が鞄《かばん》を持って教室を出る。

教室に残る生徒は俺一人となった。

（集中力が切れてきた……俺もそろそろ帰るか？）

ただでさえ貴皇学院の授業は高度なのだ。頭はかなり疲弊《ひへい》している。

しかし、今までただの庶民《しょみん》だった俺がこの学院の生徒たちについていくには、生半可な努力では足りない。

（……もうちょっと頑張《がんば》ってみよう）

幸い、この勉強も面白《おもしろ》いと思ってきたところだ。

今日教わった部分を改めて自力で解いてみる。

「……友成君」

その時、背後から声を掛けられた。

振り向けば、何故《なぜ》か北がこちらを見ていた。

「あれ、もう帰ったのでは？」

「先にトイレに寄ってたんだ。……それより、やっぱり僕ももうちょっと残るよ」

「え、いいんですか？」

「うん」

北は再び、正面の席に腰《こし》を下ろした。

「友成君を見てたら、僕も頑張らないとって気持ちになってきたから」

そう言って北は、机に教材を広げる。

これ以上、北に頑張られたら俺は一生追いつける気がしないわけだが……なんにせよもう少し付き合ってくれるというなら嬉しい限りである。

再び、俺たちは集中して勉強した。

「ところで友成君。そろそろ競技大会が始まるけど……」

小一時間ほど勉強を続けたところで、北が背筋を伸《の》ばしながら言う。

「……ぶっちゃけ、どう？　自信ある？」

北が不安げな顔で尋《たず》ねる。

「ないですね」

「だよね……」

二人揃って、乾《かわ》いた笑《え》みを浮《う》かべた。

「僕なんて生粋《きっすい》のインドア派だからさ。勉強とかパソコン関連なら自信あるけど、スポーツは苦手なんだよね」

「俺はスポーツが苦手というわけではないんですが……この学院の生徒は皆、本格的なので、ついていけない不安があります」

「そういえば友成君って、体育の授業は得意そうだもんね。そんな友成君でも自信がないなら、僕なんてどうしたらいいのか……」

「ちょっと運動できるくらいじゃ意味ないですよ……この学院では」

静音さんの話によれば、実業団に交じって練習している生徒すらいるそうだ。

競技大会では、なるべくそういう生徒とあたらないことを願うばかりである。

「む……伊月？　伊月ではないかっ！」

廊下の方から聞き慣れた声が響《ひび》いた。

振り向けば、成香が満面の笑みを浮かべている。

「成香？」

「み、都島さん……？」

突然《とつぜん》現れた成香に、北がぎょっとした。

しかし教室の壁《かべ》が邪魔《じゃま》で、成香は北の存在に気づくことなくこちらに近づく。

「伊月、まだ教室にいたのか。今日は此花さんと一緒じゃないのか？」

「ああ、ちょっと勉強していて。そういう成香は？」

「私は家に頼まれて、体育の授業で使われている用具の点検を……」

そこまで言ったところで、成香は俺の隣《となり》にいる北の存在に気づいた。

「あっ」

一瞬《いっしゅん》、成香の顔が紅潮した。

次の瞬間、その恥《は》じらいを隠《かく》すかのように、成香の顔が強張《こわば》る。

「は、はじめまして、私は、その……都島成香だ」

「き、北、祐輔です……」

双方《そうほう》、かなり緊張している。

しかしこれは、成香が新しい友人を作るいい機会だ。

俺は先程の話題を思い出し、成香に声を掛けてみた。

「成香。競技大会でいい成果を出すには、どうしたらいいと思う？」

「む、そ、それはひたすら練習するしかないと思うが……個人的には、成果のことなんて考えなくてもいいと思うぞ」

成香は若干狼狽《じゃっかんうろた》えたが、徐々《じょじょ》に落ち着きを取り戻して答える。

しかしそれは、意外な答えだった。

「そもそもスポーツで成果を挙げる必要はない。将来、それを役立てる者はほんの一握《ひとにぎ》りだからな。しかし、楽しめるように身体を鍛《きた》えて損はないと思う」

成香は語る。

気づけば俺も北も、成香の意見に聞き入っていた。

「スポーツにも色んな種類がある。テニスやサッカー、野球に水泳……これらは例えるならゲームソフトのようなものだ。そして、己《おのれ》の肉体はゲーム機と言える。身体を鍛えれば鍛えるほど……つまり、ゲーム機の性能が高ければ高いほど、より多くのソフトを自由に楽しむことができる」

成香は、どこか楽しそうな顔で続ける。

「身体一つ鍛えるだけで、色んな遊びができるようになるんだ。人生においてこれほどお得なものはない。……将来デスクワークが多くなるなら、尚更《なおさら》スポーツはいい気分転換《てんかん》になると思うぞ」

とても貴重で、説得力のある意見だった。

「あっ⁉　す、すまない、まだ仕事が残っているんだった。私はこれで失礼する」

成香は途端《とたん》に焦《あせ》った様子で俺たちの前から去った。

小走りで去って行く成香の背中を、俺と北は眺《なが》める。

「……かっこいい」

北が、小さな声で呟《つぶや》いた。

「北君？」

「あ、いや、なんでもないよ！」

北は慌《あわ》てて首を横に振った。

「と、ところで友成君、さっき都島さんのことを名前で呼んでいたけど……」

「実は俺と成香って親戚《しんせき》なんですよ」

「え、そうなの⁉」

驚《おどろ》くよなぁ……俺自身、幼い頃《ころ》にそれを知った時は驚いた。

「……都島さんって、思ったより話しやすい人なのかもね」

その言葉に俺は目を丸くした。

北は苦笑する。

「僕、ゲームが好きなんだ。偶に自作することもあるくらい。だからさっきの喩《たと》えは凄《すご》く分かりやすかったよ」

今まで、成香に声を掛《か》けられた人たちは困惑するばかりだった。しかし北は、俺が知る限り初めて好意的な態度を取る。

これは……畳《たた》みかけてみよう。

「成香の家は大手スポーツ用品メーカーで、道場も経営しているんですよ。道場には運動が苦手な人も来るみたいで、成香はそういう人たちを昔から見てきましたから、さっきの話も経験に基づいたものなんだと思います」

「そうなんだ……」

北は興味深そうに相槌《あいづち》を打ち、

「……競技大会、頑張ってみようかな」

その発言に、俺は内心でガッツポーズをした。

友人を作ったというわけではないが、成香を認める人が増えた瞬間だった。

何故、今回は上手《うま》くいったのだろう？

今までは失敗ばかりだったのに……。

（……もしかして、俺か？）

大正のおかげで俺が認められたように、俺がいたから成香のことも認めてくれたのか？

（そうか……成香の傍《そば》にいる俺が受け入れられると、成香も受け入れられるんだ）

成香には立派な長所がある。しかしそれが伝わらないことが今までの問題だった。

なら、俺を通して伝えればいいのだ。

俺が皆に信頼されることで、成香の誤解を解いてみせる。

成香のぼっち脱却《だつきやく》計画……ようやく、活路が見えてきた。

◆

北と知り合って、早くも数日が経過した。

「あ、友成君」

三時間目の授業が終わったあとの休み時間。

俺は廊下で北とすれ違《ちが》った。

北の隣には見知らぬ男子がいる。

「この前言ってた、B組にいる僕たちと似た境遇の人だよ」

「よろしく」

眼鏡をかけた男子が気さくに挨拶《あいさつ》した。

俺も「はじめまして」と頭を下げて挨拶する。

「ん？　友成って、もしかして……あの都島さんと親しいと噂の？」

「多分、その友成です」

俺は苦笑しながら頷いた。

あの都島さんと言う辺り、この男子は成香にいいイメージを持っていないらしい。

しかし、北が口を挟《はさ》む。

「都島さんは、噂ほど怖《こわ》い人じゃないよ」

「えっ。……いやいや、嘘《うそ》だろ」

「本当だって。僕も友成君から聞いて知ったけど、普通にお菓子《かし》とか好きみたいだし」

「……都島さんって、お菓子とか食べるのか」

「うん。それに頼《たよ》りになるところもあるし……内面を知ると、普段《ふだん》の様子も怖くないっていうか、寧《むし》ろクールで素敵《すてき》というか……」

北はどこかうっとりした様子で語った。

（順調に、成香のイメージがよくなっているな）

北に関してはちょっと熱がこもっているような気もするが……悪い印象を抱《いだ》かれたまま

に比べるとマシだろう。

そして、俺の人脈も広がっている。

「友成は今、基本情報技術者の取得を目指しているんだっけ？」

「はい。まだいつ試験を受けるかも決めていませんが……」

「そっか。俺は将来、起業するつもりだから、ビジネスのことで知りたいことがあったらなんでも訊《き》いてくれ」

その男子は人当たりのいい笑みを浮かべた。

起業か……大きな目標だが、貴皇学院の生徒なら現実的なのかもしれない。この男子も実家がＩＴ企業《きぎょう》のようだが、北とはまた違ったタイプのようだ。

北たちと別れて教室に入った俺は、雛子の方を見た。

雛子は数名の生徒たちに囲まれており、品のある笑みで会話に応じている。

雛子の周りにいる生徒たちは、美男美女ばかりで、他の生徒とは一線を画した気品があった。遠目に見ているだけでも分かる。彼らは学院の中でも別格だ。

（そろそろ……あの辺りにも、声を掛けてみるか）

緊張《きんちょう》して唾《つば》を飲《の》み込《こ》む。

さながら、ボス戦へ挑《いど》む時のような気分だ。

しかし退くわけにはいかない。

俺はただ、この学院で平穏《へいおん》に過ごせたらいいわけではないのだ。雛子の隣に立つためには……今、雛子の隣に立っている人たちに認められなくてはならない。

ここで改めて意識しなければならないことは——貴皇学院は、普通《ふつう》の学校ではないということだ。

俺が以前通っていた高校では、スクールカーストの高い人といえば、容姿が整っていたりスポーツができたり、或《ある》いはクラスを盛り上げたりするような人たちだった。

貴皇学院は違う。この学院のスクールカーストは、家柄《いえがら》と本人の風格が影響《えいきょう》している。家柄は俺にはどうすることもできないし、風格も一朝一夕《いっちょういっせき》で身につくものではない。

逆に言えば、奇《き》をてらった行動をしなくてもいいわけだ。

難しいことは考えない。

ただ俺は、自分の存在を彼らにアピールすることだけを考えればいい。

「此花さん」

「んっ」

雛子に声を掛けると、雛子の口から変な声が聞こえた。

（今、一瞬だけ素が出たな……）

周りにいるクラスメイトたちは「聞き間違《まちが》いか？」と不思議そうな顔をしている。

ボロが出る前に、俺《おれ》は本題を切り出す。

「この前、オススメしてもらった紅茶、美味《おい》しかったです。ありがとうございます」

そう伝えると、雛子はすぐにお嬢様モードで対応し、

「それはよかったです。またオススメがあれば教えますね」

にっこりと、見る者を魅了《みりよう》する気品に満ちた笑顔《えがお》で雛子は言った。

そんな俺と雛子のやり取りに、周りのクラスメイトたちが目を丸くする。

「友成君、ですよね？　此花さんとはお知り合いなのですか？」

雛子の周りにいたクラスメイトの一人が、話しかけてきた。

——来た。

この学院のトップカーストの人たちと、接点が生まれた瞬間だった。

できればこの機を逃《のが》したくない。

「はい。その……」

返答に少し詰まる。

失敗したくないという気持ちが強くなりすぎて、緊張してしまった。

（落ち着け……天王寺さんに教えてもらった自信を、思い出せ）

天王寺さんに教わった気品ある佇《たたず》まいを思い出す。それなりのスパルタ教育で叩《たた》き込まれたのだ。こういう土壇場《どたんば》でも、身体に染《し》みついた技術は発揮する。

少しずつ緊張が解《ほぐ》れた。

できるだけ冷静に、俺は返事をする。

「……俺の実家が此花さんの会社と関係していまして。その繋がりで、此花さんとは以前から交流があったんです」

「まあ、そうだったんですね」

目の前の女子生徒が、軽く目を丸くした。

「すみません。今まであまり自己紹介《しょうかい》もできずに」

「いえ、私たちもクラスメイトなのに把握《はあく》できておらず、すみませんでした」

普通の学校では仰々《ぎょうぎょう》しい謝罪のやり取りも、この学院では普通だ。

しかしこれは……悪くない感触《かんしょく》である。

雛子との関係を明確化したからよかったのか、少なくとも俺を不審《ふしん》がる視線はなくなった。あとは俺の態度次第《しだい》だ。

「丁度、私たちもお茶会についてお話ししていたのですが、よろしければ友成君のオススメの茶葉をお聞かせいただいても？」

「そうですね。俺は……」

お茶会に誘《さそ》われるのは、流石にまだ早いか。

もっとも今、誘われたところで俺も困惑するだけである。

好みの茶葉を幾つか教えると、小さな声で感謝を述べられた。

「それにしても、友成君はとても落ち着いていらっしゃいますね」

「そうですか？」

「ええ。話してみると、また違った印象を受けます」

ユーモラスな返事をしたいなら「俺って、今まではどんな印象だったんですか？」とでも訊けばいい。

しかしここは貴皇学院。

俺は静かに頭を下げた。

「ありがとうございます。最近、社交界によく参加しますので、礼儀《れいぎ》作法を身に付けようとしている最中でして」

生徒たちが感心した素振《そぶ》りを見せる。

嘘は一つも言っていない。

礼儀作法も天王寺さんから教わったばかりだ。

「まだまだ拙《つたな》い身ですが、今後もよろしくお願いいたします」

そう言って、俺は雛子の周りから離《はな》れた。

その後、四時間目の授業が行われる。

授業が終わり、昼休みになったところで、俺は旧生徒会館に向かった。

屋上の扉《とびら》を開くと、雛子の姿が見える。

「……伊月」

「……雛子」

俺たちは互《たが》いに見つめ合い――。

「いぇーい……」

「いぇーい」

ハイタッチした。

「あれで、よかった……?」

「……ああ。助かった」

実は、先程の休み時間のやり取り……俺と雛子はあらかじめ会話の内容を決めていた。

俺が雛子たちに取り入っていると考えていたのは、雛子と関わっていない人たちだ。雛子や天王寺さんのことを高嶺《たかね》の花《はな》だと考え込んでいるからこそ、その発想に至る。

しかし、この貴皇学院にはそんな雛子たちに対しても、ある程度気兼《きが》ねなく話しかけられる生徒たちが何人かいる。

トップカーストに君臨する彼らは、彼ら自身が雛子と関わろうとしているのだから、同じように雛子と関わっている俺のことを取り入っているとは見ていない。

それなら――雛子に頼っても問題ないはずだ。

以前、雛子は俺に「力になりたい」と言ってくれた。だから頼らせてもらった。

このクラスのトップカーストである人たちに対して、俺はたった一つだけ共通点を持っている。

それが、雛子だ。

だから俺は、雛子を通してトップカーストの人たちと交流することにした。……逆に言えば雛子以外の共通点は一切《いっさい》持っていない。雛子がいなければ、そもそも話す切っ掛けが見つからなかっただろう。

手応えは上々。もっと会話を続けられたかもしれないが、話しすぎて調子に乗っていると感じられても嫌《いや》なので、あのタイミングで離れたのは悪くないと思っている。

（ただ、これでまた他の人に取り入っていると見られるかもしれないから……）

アフターケアは必須《ひっす》だ。

この後は、また北のところへ行って何か話そう。

「でも、タイミングが分からなかったから……ちょっとだけ、素が出ちゃった」

雛子が申し訳なさそうに言う。

確かに、俺たちは話す内容を事前に打ち合わせていたが、いざ声を掛けると雛子は若干《じゃっかん》驚《おどろ》いた様子を見せた。

「あんまり、話しかけない方がいいか？」

やっぱり皆の前で俺が話しかけると、雛子は困惑するだろうか。

そんな思いと共に尋ねると、雛子は首を横に振《ふ》った。

「たとえ演技中でも……伊月と話せるのは嬉しい」

「……そうか」

その返答に、安堵《あんど》する。

「雛子が喜んでくれるなら、頑張った甲斐《かい》もあった」

今回は計画的に声を掛けたが……ゆくゆくは、自然と声を掛けられるようになりたい。

豪華《ごうか》な弁当に舌鼓《したつづみ》を打ち、のんびりしてから屋上を出た。

「伊月！」

教室へ戻る途中《とちゅう》、成香に声を掛けられる。

「成香、どうした？」

「聞いてくれ！　じ、実はさっき、クラスメイトに声を掛けられたんだ！」

俺と雛子は互いに顔を見合わせる。

「多分、昨日の放課後、伊月と一緒《いっしょ》にいた男子……彼の友人だと思うんだが」

起業すると言っていた彼だ。

最初に話した時はまだ成香を警戒《けいかい》していたが、北が誤解を解いてくれたらしい。

「よかったな」

「ああ、とても嬉しかった……！　人の温かさを感じたぞ……っ!!」

成香は目尻《めじり》に涙《なみだ》を浮かべるほど感動していた。

「二人とも、また次の休日は是非《ぜひ》お礼をさせてくれ！」

ありがたい、そろそろテニスも練習したいと思っていた。

上機嫌《じょうきげん》な成香を見ていると、俺も嬉しくなった。

充実《じゅうじつ》した気分と共に、俺は教室に戻った。

◆

その日の夜。

気分が充実しているとはいえ……省《かえり》みる点はまだまだある。

一通りの業務と勉強が終わった後、俺は本日の反省点を洗い出した。

(取《と》り敢《あ》えず、成香に関しては少しずつ結果を残せている……)

懸《け》念《ねん》するべきことがあるとすれば、競技大会までに間に合うかどうかだ。

単に友人を作るだけなら、現状の手応えだと時間をかければ上手くいきそうである。しかし競技大会まで残り一週間と少し。過去のトラウマを払拭《ふっしょく》し、万全《ばんぜん》を期して競技大会に臨《のぞ》みたいという成香の願いにはまだ届かない。

とはいえ現状、できることはやっている。

新しいことを次々とやるのは不安だ。この調子を維持《いじ》するという認識《にんしき》でいいだろう。

(俺は……どうだろうな)

北を中心に、知り合いは増えた。

しかも今日は、今まで距離を置いていたトップカーストの人たちと会話した。

正直、印象はそんなに悪くなかったと思う。

しかし――。

（別に俺は、スクールカーストを高くしたいわけじゃないんだよな……）

　こればかりは性分《しょうぶん》ではないだろうか。

　俺はやはり、煌《きら》びやかな環境《かんきょう》よりも多少雑多で落ち着いた環境の方が好みだ。日々の勉強によって徐々に適応できるようになっているが、好みとなれば話は別である。……そしてそれは、雛子も同じだろう。

　雛子の隣に立つには、スクールカーストが高い人たちとも関わるしかない。

　しかしスクールカーストが高い人と関わろうとすると、低い人たちからは、ごまをすっているように見えるのかもしれない。

　難しい問題だ。

　誰《だれ》とでも仲良くしようと思えば、八方美人と見られてしまう。

（……前の学校では、こんなふうに悩《なや》んだことなんて、一度もなかった）

　スクールカーストは前の学校にもあったと思う。しかし当時は無関心だった。

　どうして今は、ここまで人間関係に頭を悩ませているのだろう。

　幸い今のところは順調だが、知らない人に話しかけるのはそこそこ緊張するし、ベッドに横たわって寝《ね》ようとしてもふとした瞬間《しゅんかん》に「あの時はああすればよかったかな」と反省してしまう。……正直、俺のメンタルは疲《つか》れていた。

疲れるのが分かっているから、前の学校ではここまで悩んだりしなかった。
なのにどうして、今はこんなに真剣《しんけん》に悩んでいるのか。
一つは、成香の友達作りに協力したいと思っているからだ。
そしてもう一つは——雛子だ。
『伊月が……私以外を、お世話するのは…………いや』
テニスの練習をした後、雛子が口にした言葉を思い出す。
安らかな顔で告げられたその言葉が、今も耳に刻まれていた。
（俺は雛子のことを……どう思っているんだろう）
その答えが出ないまま、しばらく時が過ぎた。
その時、扉がノックされる。
「……伊月」
「雛子？」
部屋に入ってきたのは雛子だった。
眠《ねむ》たそうな雛子が、早速《さっそく》俺《おれ》のベッドに横たわった。
扉の向こうにいる静音さんと目が合う。静音さんは無言で一礼し、扉を閉めてくれた。
「雛子、何か用か？」

「別に……」

　特に用事はないらしい。

　つまり、いつも通りである。

「伊月は……べんきょー中？」

「まあ、そんなところだけど……」

　先程《さきほど》まで基本情報技術者の勉強をしていたのでノートを開いたままにしていた。だから勉強しているように見えたのだろう。実際は人間関係に頭を悩ませていただけである。

　しかし直前まで雛子のことを考えていたからか……上手く言葉にするのは難しいが、今の俺は雛子と喋《しゃべ》りたい気分だった。

「……丁度、休憩《きゅうけい》したかったし。何か話すか」

　雛子は「ん」と短く返事をした。

　別に俺の部屋へ眠りに来たわけではないらしい。

　それからしばらくの間、俺たちは他愛《たあい》もない話をした。学院でのこと、屋敷《やしき》でのこと、成香のぼっち脱却計画のことなど……だらだらと雑談する。

「そういえば最近、雛子は体調を崩《くず》さないな」

「……演技疲《づか》れのこと？」

俺は「ああ」と首を縦に振る。

「伊月がいると……楽だから」

「そうか？」

「ん。……この時間も、私にとってはきちょー」

雛子は今まで、完璧《かんぺき》なお嬢様《じょうさま》を演じることによる疲労《ひろう》で定期的に熱を出していた。しかし俺がお世話係になったことで、その頻度《ひんど》が激減しているらしい。

心因性の発熱なら、ストレスの軽減で頻度が減るのも納得《なっとく》できる。

どうやら俺は雛子にとって、ストレスを減らす存在になっているようだ。

よかった。

「ふわぁ……」

雛子が欠伸《あくび》をした。

「眠いならそろそろ部屋へ送るぞ」

「伊月は、眠くないの……？」

「いや、俺も眠くなってきたな」

軽く背筋を伸ばすが、眠気《ねむけ》は消えない。

俺も軽く欠伸をすると、雛子がベッドに寝転《ねころ》びながら、とんとんと隣の空いたスペースを叩いた。

「偶《たま》には……一緒に寝よ？」

くらっときた。

柔《やわ》らかく微笑《ほほえ》む雛子に、俺は視線を下げる。

「流石《さすが》にそれは、遠慮《えんりょ》しとく」

「むー……」

静音さんにちょん切られてしまうので、遠慮した。

しかし雛子は頰《ほお》を膨《ふく》らませて立ち上がる。

「こっち、来て……」

「いやいや、駄目《だめ》だって……」

雛子は俺の手を引っ張って、ベッドへ向かった。

細い腕《うで》だった。この手を振り解《ほど》くと罪悪感を覚えるような気がして、ベッドの近くまでは連れて行かれる。

雛子が俺の手を握《にぎ》りながらベッドに寝転ぶ。

そして、俺の手を勢いよく引っ張った。

「うおっ⁉」

急にそんな力強く引かれるとは思わなかったので、俺は倒《たお》れるようにベッドへ身体を乗せた。

一瞬の困惑《こんわく》。それからすぐに気づく。

俺は、雛子に覆《おお》い被《かぶ》さるような体勢になっていた。

「…………ん、え？」

雛子が、変な声を漏《も》らす。

時が止まったかのような錯覚《さっかく》に陥《おちい》った。

今までも、雛子との距離《きょり》感に戸惑《とまど》ったことは何度もある。屋上で膝枕《ひざまくら》した時も、車の中で肩《かた》を貸す時も、肌《はだ》が触《ふ》れ合う距離だった。

しかし、これは違うと本能が理解する。

雛子の熱の込められた吐息《といき》が、俺の前髪《まえがみ》を持ち上げた。

身体を支える腕の力を、ほんの少し抜《ぬ》く。雛子との距離が一センチ近づいた。

慌てて離れようとしたが……その前に思いとどまった。

離れる前に、どうしても訊きたいことがあった。

「……雛子」

目をまん丸に見開く雛子に、俺は訊く。

「雛子は、俺のこと……どう思ってるんだ?」

円《つぶ》らな瞳《ひとみ》に映る俺は、我ながら笑えてしまうほど真剣な顔だった。

余計な質問をしたかもしれない。しかし、吐《は》いた唾は呑《の》めない。

俺は黙《だま》って雛子の返事を待った。

「私、は……」

雛子は、ゆっくりと唇《くちびる》を動かす。

「私は、伊月のこと……す……」

「す?」

続きの言葉が気になる。

しかし雛子は、唇と一緒に瞼《まぶた》も閉じて──。

「すぴー……」

「寝てる⁉」

そんな馬鹿な。

どういうタイミングで寝るんだ。

しかし雛子なら有り得る。俺はこの少女が、どんな状況《じょうきょう》でも眠れることを知っていた。

驚いたおかげで妙《みょう》な気分も霧散《むさん》した。ある意味、助かったかもしれない。

幸せそうに眠る雛子の顔を見て、俺も落ち着く。

（……取り敢えず、一つだけ分かったことがあるな）

少なくとも、自分の気持ちだけは理解できた。

「雛子」

返事はない。

ならこれは、ただの自己満足の発言に過ぎないが――気持ちを整理するためにも、俺は敢えて告げた。

「俺は……雛子に相応《ふさわ》しい人になれるよう、頑張《がんば》るよ」

傍にいなくてはならないのではなく、傍にいたい。

そう思っていることを今、はっきりと自覚した。

雛子を起こさないよう、そっと布団《ふとん》をかける。

そろそろ部屋へ連れていかなければならない時間だが……もう少しだけ、このまま寝かせてあげることにした。

◇

日頃《ひごろ》から演技をしておいてよかったと、今、初めて思った。
寝ているフリをしている雛子は、とにかく平静を装《よそお》うことに必死だった。
少しずつ、寝返《ねがえ》りを打つように身体を横に倒し、顔を伊月に見られないようにする。
これ以上はもう我慢《がまん》できない。
顔が熱い。
鼓動《こどう》が激しい。
どれだけ冷静になろうとしても、表情の変化を止められない。
『俺は……雛子に相応しい人になれるよう、頑張るよ』
伊月に告げられた言葉が、何度も何度も頭の中で反芻《はんすう》していた。
その度《たび》にどうしようもない激情に駆《か》られた。
（変……私……今、凄く変……っ）
混乱は止まらない。
心の中で、雛子は叫《さけ》んだ。
（なにこれ……なに、これ……？　変なのが……抑《おさ》えきれない……っ！）
本当は暴れ回りたい気分だった。
とにかく、何かをしたい気分だった。

何かをしなければ、身体が爆発《ばくはつ》してしまいそうだ。
ぎゅうう っ、と布団を握り締《し》めながら、雛子は必死に耐《た》え続ける。
微《かす》かに目を開くと、こちらに背中を向けて勉強している伊月が見えた。
その背中に、無性《むしょう》に触《さわ》りたくなった。
けれど我慢する。
今、伊月に近づいたら自分が自分でなくなってしまう予感があった。
（私は……）
先程の伊月の問いを、思い出す。
（私は、伊月のことを……どう思ってる……？）
大切なお世話係。
一緒にいて嬉《うれ》しい相手。
今まではそう思っていたし、ちゃんとその気持ちも伝えているはずだ。
けれど……本当にそうなのだろうか？
これは本当に、そんな簡単な答えで片付けていいものなのだろうか。
納得のいく答えはまだ出てこない。
次に伊月から声を掛けられるまで、雛子はずっと悩み続けていた。

四章◆競技大会

競技大会まで、あと五日となった。

とにかくここ数日は密度の濃《こ》い日々を送っているので、記憶《きおく》が曖昧《あいまい》だ。お世話係としての仕事は以前と同じようにこなしているし、その上でテニスの練習や、人間関係の改善にも努めている。だから就寝《しゅうしん》時は泥《どろ》のように眠ることも多い。

中々ハードなスケジュールだが、それでも成果が出ると気分がよかった。

だから俺は今日も、前向きな気持ちで学院に向かう。

「そういえば、雛子《ひなこ》」

隣《となり》で眠たそうにしている雛子に、俺は声を掛けた。

「住之江《すみのえ》さんが、雛子のことをお茶会に誘いたがっていたぞ」

「んぅ……競技大会の練習で疲れてるから、できれば遠慮したい……」

「分かった。じゃあ俺の方からさり気なくそう伝えておく。雛子はこの前もお茶会の誘いを断っていたし、連続で断るのは気まずいだろ?」

「ん……助かる」

雛子の意志を確認《かくにん》した俺は、手帳にその内容をメモしておいた。

最近は考えることが多いので、手帳を携帯《けいたい》している。

「……まるで社長と秘書ですね」

助手席の方から、静音《しずね》さんの小さな声が聞こえたような気がした。

「何か言いましたか？」

「いえ、此花《このはな》グループの未来について考えていただけです」

メイド長にもなると、グループの行く末も真剣に考えるようだ。

身近な環境で働いているのに、静音さんは俺の何倍もの責任を背負っている。いつか俺が、静音さんに恩を返せる日は来るのだろうか。

その時、俺は雛子の髪《かみ》に小さな埃《ほこり》がついていることに気づいた。

「雛子。髪に埃が……」

そう言って、雛子の髪に軽く触れると、

「んぃ……っ⁉」

雛子は、今までと違って肩を跳《は》ね上げるほど驚《おどろ》いた。

「ふ……っ」

「ふ？」

「不意打ちは、困る……っ」

そう言って雛子は、頭を軽く伏《ふ》せた。

もう不意打ちじゃないので触ってもいいらしい。

髪の埃を取っている間、雛子は耳まで真っ赤に染めながら「？」「？」と頭上に沢山《たくさん》の疑問符《ぎもんふ》を浮《う》かべていた。まるで自分の感情が理解できないかのような様子だ。

そんな雛子の様子に、俺も首を傾《かし》げる。

何だろう、この雰囲気《ふんいき》。

この妙な居たたまれない気分は……。

「……鈍感《どんかん》同士だと大変ですね」

静音さんが、溜息《ためいき》交じりに何かを呟《つぶや》いたような気がした。

「何か言いましたか？」

「いえ、此花グループのスキャンダルについて考えていただけです」

「えっ」

此花グループって、もしかして結構危険な状態なのだろうか……？

「ところで伊月《いつき》さん」

静音さんが、バックミラーで俺の顔を見ながら言う。

「以前、私がご提案した、伊月さんが将来ＩＴ企業に勤めればいいという件ですが……無事に通りました」

「無事に、通った……？」

「名刺《めいし》をお渡《わた》ししておきます」

静音さんはこちらを向き、一枚の名刺を俺に手渡した。

名刺には、人事部に所属しているらしい会社員の名前が記載《きさい》されている。

「学院を卒業後、伊月さんさえよろしければこちらの企業が雇《やと》ってくれるそうです。大学を出なくても問題ないとか」

「え、ええ……っ」

それは、つまり……この前の話が現実になったということか。

「あれは喩《たと》え話だったのでは……？」

「現実になった方が伊月さんもモチベーションが上がるでしょう」

それは、その通りだが……。

まさか俺のために、そこまでしてくれるとは思わなかった。

「これ……ＣＭで見たことがある会社ですよ」

「主にオフィス用のセキュリティ対策ソフトを開発している企業です。ここ数年は黒字続きですし、離職率《りしょくりつ》も低めですよ」

いわゆるホワイト企業に該当《がいとう》しそうだ。

「まあ個人的には、その進路は保留にした方がいいと思います」

「え？」

「万が一、億が一、伊月さんが更《さら》に実力を磨《みが》けば、その企業より更に好待遇《こうたいぐう》なポストをご用意できるかもしれませんから」

その発想は俺にはなかった。

既《すで》に感無量な待遇である。その上のことなんて、考えられるはずがない。

「……就職活動を、しているような感じですね」

「そうですね。今後はそういう認識で働いてもいいと思います。例えば人前に出る仕事がこなせるようになると、お嬢様の苦手分野をフォローできるので補佐役に適任……」

「？　雛子の……？」

「……失礼、口が滑《すべ》りました」

静音さんが掌《てのひら》で口元を軽く押さえた。

車は静かに学院へ向かう。

（昔の俺が、今の俺を見たら腰《こし》が抜けるほど驚きそうだな……）

なにせ俺はお世話係になる前から、学校に通うだけでも必死だった苦学生である。

大学にもできれば通いたいと思っていたが、難しいと分かっていたので高校卒業後は就職しようと考えていたこともあった。

だからこそ、俺は今貰《もら》った名刺がどれほど貴重なものか理解していた。

しかも今の俺は、努力次第《しだい》で更に好待遇を狙《ねら》えるらしい。

いいんだろうか？　こんなに恵《めぐ》まれて。

困惑してしまいそうになる。

そんな俺の心境を見透《みす》かしてか、静音さんが言った。

「その分、貴方《あなた》に期待しているということですよ」

「……ありがとうございます」

静音さんの言葉を、強く胸に刻んだ。

◆

二時間目の授業が終わった後。

休み時間、身体を解すために少し廊下《ろうか》を歩いていると、生徒たちの話し声が聞こえた。

「都島《みやこじま》さんって、最近、ちょっと印象変わったよね」

B組の生徒が小さな声で言う。

「思ったよりも、優《やさ》しいというか……」

「うん。見た目と違《ちが》って、あんまり怖《こわ》くない人なのかも……」

話を盗《ぬす》み聞きしてしまった俺は、すぐにその場を去った。

これ以上、あの話を聞いているとニマニマと変な笑《え》みを浮かべてしまいそうだ。

「伊月！」

背後から元気のよい声音《こわね》で名前を呼ばれる。

振り返ると、そこには黒髪《くろかみ》の少女がいた。

「成香《なりか》……機嫌《きげん》がいいな」

「ああ！　実は今日もクラスメイトに話しかけられたんだ！」

弾《はじ》けるような笑顔で、成香は俺に近づく。

まるで懐《なつ》いた犬のように見えるが、口には出さなかった。

「ふふふ……人の温かさに触れた今の私は無敵だっ！」

成香は得意げに言った。

ちょっと調子に乗っているかもしれない。

確かにここ最近は順調に見えるが、実際のところ、まだB組に所属する少数の生徒に認められているだけである。

「じゃあ、今度は成香から誰かに声を掛《か》けてみるか」

「えっ、い、いや、私から声を掛けるのはまだちょっと……」

途端《とたん》に成香は狼狽《ろうばい》した。

しかしこれは意地悪で言っているわけではなく、本当に試《ため》してほしいことだった。

「成香のイメージは少しずつよくなっているし、今なら上手《うま》くいくかもしれないぞ」

「……そ、そうだな。よし、やってみりゅっ!!」

もう駄目そうだ……。

成香はいつも通りの緊張《きんちょう》した面持《おもも》ちで——強張《こわば》った顔つきで、通行人に声を掛けた。

「や、やあ、そこの君」

「ひっ」

声を掛けられた男子生徒は驚いて去って行った。

「どうして……」

成香は壁《かべ》に額をつけて落ち込《こ》む。

「成香、今の人はクラスメイトか？」

「……いや、違うはずだ」

俺《おれ》のクラスメイトでもない。ということはA組、B組以外の生徒か。

成香のイメージの修正は、まだ学年全体には行き届いていないようだ。

（……こびりついたイメージは、まだ払拭できそうにないな）

イメージの払拭に手間取りそうなのは、成香のことを噂《うわさ》程度にしか知らない人たちだった。

例えばB組に所属している生徒たちは、学院に浸透《しんとう》している成香の噂だけでなく、目の前にいる成香本人を見ることで、成香の人となりを評価できる。

しかし、成香のことをあまり知らない人たちは、流れてくる噂でしか成香を評価できない。そんな彼《かれ》らのイメージはもはや思い込みに等しかった。現実の成香を見てイメージのアップデートができないため、既存《きそん》のイメージが時の経過と共に強固になっているのだ。

当たり前と言えば当たり前だ。

一年かけて凝《こ》り固《かた》まった成香の印象を、たったの数日で払拭するのは難しい。

「何か……劇的な切っ掛けが必要かもな」

競技大会まで残り五日。

些細《ささい》なことの積み重ねだけでは、間に合わないと直感する。

いい手はないか、悩んでいると……揺《ゆ》れる金髪《きんぱつ》縦ロールが見えた。

「天王寺《てんのうじ》さん」

雛子の実家である此花グループに勝るとも劣《おと》らない、天王寺グループのご令嬢《れいじょう》がそこにいた。

「あら、友成《ともなり》さ――」

天王寺さんはすぐに俺たちの存在に気づいたが……。

「つーん」

天王寺さんは、まるで思い出したかのように不機嫌《ふきげん》そうな顔になり、そっぽを向いた。

「……えっと、何かありましたか？」

「友成さんは最近、わたくしを除《の》け者《もの》にしていますから。……つーん、ですわ！」

つーんって、口で言う人を初めて見た。

案外、子供っぽいところもある。

（今の状況なら……天王寺さんに頼《たよ》るのも手だな）

声を掛けても怖がられて会話できない、だからイメージも払拭できない……という最初の段階は過ぎた。

今は、より大きく、広範囲《こうはんい》でイメージを払拭するための何かがほしい。

天王寺さんのように常日頃《つねひごろ》から優雅《ゆうが》で、そして目立っている人ならば、何かいい案を思いついてくれるのではないだろうか。

「天王寺さん。実は相談したいことがあるんですが……」

「つーん」

天王寺さんは聞いてくれなかった。

どうしよう、まさかこんなに拗《す》ねるとは……。

「……お茶会」

ポツリ、と天王寺さんが呟いた。

「今度、お茶会をしてくれたら、機嫌が直るかもしれませんわ」

「……分かりました。俺でよければいつでも」

そう答えると、天王寺さんは嬉しそうな笑みを浮かべた。

「仕方ありませんわね。——では、何なりと申してみなさい！」

口では仕方ないと言っているが、天王寺さんは嬉しそうだった。人に頼られることが好きなのだろう。

成香の方を見ると頷《うなず》かれた。一応、成香のデリケートな悩みなので、俺が勝手に語るの

は憚《はばか》られたが問題ないようだ。

天王寺さんに事情を説明する。

「……なるほど、そんなことをしていたのですね」

天王寺さんはすぐに状況を理解した。

「それで本題なんですが、これ以上イメージを覆《くつがえ》すには、何かもっと劇的な行動を起こさないといけないような気がして……」

ふむふむ、と天王寺さんは首を縦に振る。

「つまり、人目に触れるような何かですわね」

そういうことだ。

頷く俺の隣では、成香が不安げな顔をしていた。

「うぅ……目立つのは苦手だぞ」

「……既に目立っているけどな」

悪い意味で……。

「体育の授業はどうですの？　都島さんは、いつも活躍《かつやく》していると聞きましたが」

「活躍は、しているかもしれないが……」

成香は自信なげに言った。

その先は言われなくても分かる。成香のB組と俺のA組は一緒に体育の授業を受けるので、俺は知っていた。成香は確かに体育の授業で活躍しているが、それでもイメージは何も変わっていないのが事実だ。

真剣に何かへ打ち込む姿は、時に恐《おそ》ろしく見えるのかもしれない。

悪いイメージが浸透している成香は、周りからは一層そう見えてしまうのだろう。

「でしたら逆に、こういうのはどうですの？」

天王寺さんは成香にアイデアを伝えた。

成香はそのアイデアを聞いて少々驚いたが、やがて決意した面持ちで首を縦に振《ふ》った。

◆

その日の体育の授業では、バドミントンを行った。

生徒の全員にラケットが用意され、二人一組でラリーを始める。

「友成、やろうぜ」

「はい」

大正《たいしょう》の誘《さそ》いに応じ、俺たちはシャトルを打ち合った。

パンッ、という乾《かわ》いた音と共に、シャトルが放物線を描《えが》いて大正の方へ飛ぶ。

「お、上手いな」

「最近テニスの練習をしているので、ラケットを使うスポーツが得意になったのかもしれません」

テニスのボールと比べ、バドミントンのシャトルは初速が速い。しかしすぐに速度が緩《ゆる》やかになるため、ただ続けるためだけのラリーならテニスよりも簡単だった。

「ところで最近、あんまり話さねぇけどよ」

大正がシャトルを打ちながら言う。

一瞬《いっしゅん》、動揺《どうよう》した。

以前から悩んでいたことだ。新しい友人を作ろうとすると、どうしても既存の友人に費《つい》やせる時間が減ってしまう。スクールカーストが高い人と付き合おうとすると、そうでない人との間に距離ができてしまう恐れがある。

下手に両立しようとすると、どちらからも疎《うと》まれるのではないかという不安が過《よ》ぎる。

もしかすると今の俺は、大正からは八方美人に見えたのかもしれない。

しかし——。

「何かあったのか？」

大正の口から告げられたのは、責める言葉ではなく純粋《じゅんすい》な心配の言葉だった。

ここで疑念よりも心配が勝るあたり、大正の快活な人柄《ひとがら》が窺《うかが》える。

それは今の俺にとって、胸中で抱《かか》えていた悩みを吹《ふ》っ飛ばしてくれるかのような清々《すがすが》しい態度だった。

シャトルを打ち返す。

大正には今まで親切にしてもらった。だから俺は、正直に伝えることにする。

「実は、知り合いを増やしてみようと思っていまして。折角《せっかく》、貴皇学院《きおうがくいん》に編入しましたから、色んな人と関わってみたいんです」

「なるほどな。だから北《きた》と話してたのか」

大正は納得する。

シャトルが返ってきた。

「友成って、意外とストイックだよな」

「そうですか？」

シャトルを打ち返す。

視界の片隅《かたすみ》で大正が苦笑《くしょう》したような気がした。

「まあとにかく、そういうことなら応援《おうえん》するぜ。友成と気が合いそうな奴《やつ》は他にも何人かいるし、困ったらいつでも声を掛けてくれ」

「ありがとうございます」

なんていい奴なんだ。

しかし実のところ、俺はもう既に北と仲良くなる過程で大正の力を借りている。

大正にはいつかお礼をしよう。

そう思った時、俺は遠くで成香が誰《だれ》かと話していることに気づいた。

(あれは……北?)

成香が話している相手は北だった。

「頭の真上で打つのではなく、少し後ろで打つんだ。そうするとラケットの面が上を向くから、シャトルが放物線を描くように飛ぶ」

「は、はい……! ありがとうございます!」

どうやら成香はシャトルの打ち方を北に説明していたようだ。

そんな二人のやり取りを見て、周りにいる生徒たちが成香に近づく。

「あ、あの、よければ私も教えてほしいんですが……」

「っ⁉ あ、ああ! 勿論《もちろん》だ!」

声を掛けられたことに成香は驚愕《きょうがく》したが、すぐに快諾《かいだく》した。

（上手くいっているみたいだな……）

これぞ、天王寺さんが考案した作戦。

自分が活躍するのではなく、周りの人たちを活躍させる。

体育で活躍できる実力があるなら、誰かに指導もできるだろうと天王寺さんは考えたのだ。実際、俺と雛子は成香からテニスを教わっているので、その考えに間違《まちが》いはない。

以前、俺が思った通り、やはり成香は人にものを教えるのが上手だった。

天王寺さんの作戦は成功し、成香の周りには数人の生徒が集まる。

天王寺さん曰《いわ》く「名付けて、ノブレス・オブリージュ作戦ですわ！」とのことだ。才ある者は施《ほどこ》すべし……と言いたかったのだろう。

体育館に笛の音が響《ひび》いた。

五分間の休憩が与《あた》えられる。

「成香」

「伊月っ」

タオルで汗《あせ》を拭《ぬぐ》っている成香に声を掛けると、いい笑顔《えがお》と共に振り返った。

「見た感じ、いい調子だな」

「ああ。……私自身も、少しずつ緊張が解《ほぐ》れているような気がする」

それは何よりだ。

周りの変化によって、成香自身もいい方向へ変化している。

「今まではこういうことをしなかったのか？」

「いや、しようと思ったことはあるが……今までは、逃《に》げられたからな」

成香は視線を下げ、落ち込んだ様子で答えた。

（イメージを払拭《ふっしょく》できたから、選択肢《せんたくし》が増えたのか……）

今までの成香なら、きっと誰かに指導することはできなかっただろう。

しかしここ最近の成香は周りに受け入れられつつある。ここ最近の、新しく生まれた雰囲気が今回の成香の行動を成功に導いたのだ。

（これで、成香は怖くないという噂が、学院全体に響けばいいが……）

今回の授業で、A組とB組にはそのイメージが少しは浸透したと思う。

しかし、やはり他のクラスに浸透するにはまだ時間がかかるだろう。

「……競技大会まであと少し。どこまでイメージを変えられるか分からないが、このまま最後まで頑張ろう」

「ああ！」

成香はやる気に満ちた表情で頷いた。

◆

放課後。

俺は成香と合流する前に、まず天王寺さんに会いに行った。

「天王寺さん」

「あら、友成さん」

教室にいる天王寺さんが、呼びかけに応じて振り向く。

ただそれだけの動作がとても優雅に見えた。貴皇学院は元々普通《ふつう》の学校とは比べ物にならないほど豪華《ごうか》で上品な空間だが、天王寺さんの周囲だけ更に気品に満ちている。

「ありがとうございます。成香の件、上手くいきました」

「それはよかったですわ」

また拗ねられても困るので、放課後になったらすぐに報告とお礼をしようと思っていたのだ。天王寺さんは上品な微笑《びしょう》を浮かべる。

「伊月さんは、今日はもうお帰りですの？」

「いえ、この後も成香と合流して今後について相談するつもりです」

「わたくしも、もっと協力できればいいのですが……今日は家の用事がありますので、難しいですわね」

「その気持ちだけでもありがたいですよ」

天王寺さんが多忙《たぼう》であることは俺も知っている。

教室を出た天王寺さんは、そのまま廊下を歩いて――何故《なぜ》か下足箱がある場所とは真逆の方向に歩き出した。

疑問に思いつつ、報告だけでは淡白《たんぱく》に感じられるかもしれないのでついていく。

階段の踊《おど》り場《ば》に着いたところで、天王寺さんは周囲をキョロキョロと見回した。

「こ、こほん。……ところで、伊月さん」

「はい」

わざとらしく咳《せき》をする天王寺さんは、微かに頬《ほお》を赤らめていた。

「今は、二人きりですわよ」

「あ……そう、だな」

そういえばそうだった。

二人きりの時は素で話す。天王寺さんとそう約束していたことを思い出す。

しかし……まさか二人きりになるために、わざわざ真逆の方向に歩いたんだろうか。

どこか落ち着かない気分になった俺は、念のため周りに聞き耳を立てている人がいないか警戒《けいかい》した。

「挙動不審《きょどうふしん》ですわね」

「い、いや……やっぱり学院の中だと、色々と怖くて」

「でも、都島さんとは素の状態で話しているじゃありませんの？」

「成香は昔からの知り合いだし、そういう抵抗《ていこう》がないというか……」

成香、と俺が名を呼んだ辺りで、天王寺さんは考え込んだ。

「……やっぱり、わたくしのことも美麗《みれい》と呼んでもらいましょうか。そうすれば抵抗も減るかもしれませんわ」

天王寺さんが言う。

しかし俺は、その意見を簡単には飲み込めなかった。

「うーん……」

「な、なんですの、その反応は。その……い、嫌《いや》でしたら、結構ですわ……」

「あ、いや、別に嫌ってわけじゃなくて……」

予想以上に落ち込んでしまった天王寺さんに、俺は慌《あわ》てて首を横に振った。

「俺にとって天王寺さんは、誰よりもお嬢様《じょうさま》らしいんだ。常に優雅で、気高くて、自分の立場と真《ま》っ直《す》ぐ向き合っていて……そういうところを尊敬しているからこそ、天王寺さんだけは敢《あ》えて今まで通りの呼び方にしたいというか……」

お嬢様らしいという考えは、人によっては偏見《へんけん》にあたるだろう。例えば雛子に同じことを言うと「お嬢様やめたい」なんて言いそうだ。

しかし、こと天王寺さんに限っては、それこそが最大の称賛《しょうさん》になる。

天王寺さんは家の名にふさわしいお嬢様になりたいと願っているのだ。その結果、自分の幸せを蔑《ないがし》ろにしていた時もあったが、今は違う。自分の幸せを考えた上で、気高い、お嬢様を貫《つらぬ》こうとしている。

そんな天王寺さんのことを、俺は心の底から応援していた。

だから、俺が彼女《かのじょ》のことを天王寺さんと呼ぶのは、俺なりの敬意のつもりだった。

天王寺さんは、ちゃんとお嬢様なんだと肯定《こうてい》したかった。

「そ……そこまで言うなら、仕方ありませんわね！」

天王寺さんは視線を逸《そ》らして言う。

平静を装いたいのだろうが、その頬は緩みきっていた。

「わたくしのことを、それほど尊敬しているというなら吝《やぶさ》かではありませんわ。……引き続き、その名で呼ぶことを許しましょう」

そこまで言った後、天王寺さんは一息つき、

「……それにわたくし自身、天王寺という家名は好きですから」

その一言には、深い想《おも》いが滲《にじ》んでいた。

天王寺さんが堂々とそう発言できることが、どれだけ幸せなことか……少なくとも俺たちは理解していた。使命感でも義務感でもなく、本音でそう言えることが大事なのだ。

天王寺さんと別れ、俺は改めて成香と合流する。

「成香、待たせたな」

成香の傍《そば》には、既に雛子もいた。

今となっては恒例《こうれい》の集まりだが、これは親睦《しんぼく》を深めるためのお茶会ではない。ちゃんと成果を出さねば。

「天王寺さんの作戦も上手くいったし、この波に乗りたいな」

「ああ！　今の私ならなんでもやってみせるぞ！」

成香はやる気満々だった。

競技大会まであと少し。できる限りのことはしよう。例えば天王寺さんの作戦は、体育の授業以外でも使えるかもしれない。

最後まで希望を捨てず、俺たちは足掻《あが》き続けることにした。

しかし……その翌日。予想外のことが起きる。

成香が学院を休んだ。

◆

「え、休みですか？」

翌日の休み時間。

この日、俺は成香の姿を見かけないことに疑問を抱《いだ》き、B組の教室を覗《のぞ》いた。

しかし教室にも成香の姿はなかったので、近くにいた生徒に尋《たず》ねてみた結果——成香は今日、学院を欠席していると発覚する。

（無理をさせてしまったか……？）

ここ数日、俺は成香に普段《ふだん》やらない行動をさせてきた。

もしかして成香は、今まで黙《だま》っていただけで負担を感じていたのではないだろうか。

不安が膨《ふく》らんでいく。俺がしてきたことは、正しかったのだろうか……？

次の授業が始まるので教室に戻《もど》った。しかし授業にはまるで集中できない。

授業が終わり、昼休みになる。

雛子と共に旧生徒会館へ向かった俺は、すぐに静音さんへ連絡《れんらく》した。

『伊月さん、どうしましたか？』

「実は――」

隣にいる雛子にも会話が聞こえるよう、通話をスピーカーモードにする。

俺はまず、成香が欠席している旨《むね》を静音さんに伝え、その上でお願いした。

「というわけで、成香の見舞《みま》いに行きたいんですが……」

『承知いたしました』

静音さんはすぐに許可を出してくれた。

「私も……行きたい」

『お嬢様が行くと、都島家が身構えてしまいますよ』

「む……」

静音さんの冷静な指摘《してき》に、雛子は口を噤《つぐ》んだ。

学院では皆《みな》に尊敬されている雛子も、こういう時は不便である。高すぎる立場は時に融《ゆう》通《ずう》が利《き》かない。

雛子は成香について、似たような境遇《きょうぐう》であると理解を示していた。もし今回の成香の欠席が、精神的疲労《ひろう》によるものだとしたら……雛子はそれを成香以上に経験していると言える。その苦しみがよく分かるからこそ、雛子も成香のことが心配なのだろう。

『では伊月さん。都島様へアポを取っておいてください』

「はい。……あっ」

通話を終わろうとした直後、俺は致命的《ちめいてき》な事実を見落としていたことに気づいた。

「……そういえば俺、成香の連絡先《れんらくさき》を知りません」

完全に失念していた。

『では、都島様の家の方へ……』

「その、成香の家に関しても、俺の親といざこざがあって……」

こちらも失念していた。

俺が成香と連絡を取り合うとすれば、成香本人に連絡先を訊《き》くしかなかったのだ。何故なら俺と都島家には、確執《かくしつ》がある。

俺の母はギャンブル好きで、そのせいで貯金を溶《と》かし、しばらく親戚《しんせき》である都島家の屋《や》敷《しき》で居候《いそうろう》した。その時、俺もついて行ったことで成香と出会ったのだ。

母は居候している間も横柄《おうへい》な態度で、都島家から反感を買っていたことを覚えている。

あの時の確執が今も残っているなら、多分、俺は歓迎《かんげい》されないだろう。

「すみません。相談しておいてなんですが、もしかしたら門前払《もんぜんばら》いされるだけかもしれません」

『……一応、私の方から連絡を入れておきましょう。少々お待ちください』

そう言って静音さんは通話を切断した。

今、都島家に連絡を取っているのだろう。

緊張しながら弁当を食べる。

雛子が「ん」と口を開いたので、ご飯を食べさせた。幸せそうに咀嚼《そしゃく》するその顔を見ていると緊張が解れる。

しばらくすると、俺のスマホに静音さんからの着信があった。

思ったよりも早い。すぐに通話に応じた。

「静音さん、どうでしたか？」

『特に問題ないとのことですので、放課後、車で送ります』

静音さんの口から告げられた返答は、拍子抜《ひょうしぬ》けする内容だった。

◆

そして、放課後――。

俺は成香のお見舞いをするために、都島家に来た。

「……久々に、来たな」

助手席に座《すわ》る静音さんに軽く頭を下げ、車から離《はな》れた俺は目の前の豪邸《ごうてい》に近づいた。

俺がいつも過ごしている此花家の屋敷や、天王寺さんの邸宅《ていたく》とはまた違う趣《おもむき》だった。武《ぶ》家屋敷《けやしき》を模しているのか、正面から見ると横長の家である。

まずは門の近くにあるチャイムを鳴らそう。

そう思った直後、門がひとりでに開いた。

「友成さんですね？　お待ちしておりました」

「あ、はい」

突然《とつぜん》現れた女性の使用人に、俺は驚《おどろ》きながらも頭を下げる。

使用人は紋《もん》付きの色無地を着ていた。静かに先導する彼女に、緊張しながらついて行く。

しかしその使用人は、俺を屋敷にまでは案内せず、

「お嬢様は、あちらの庭園にいらっしゃるかと思います」

こちらを振り返って、静かに頭を下げて告げた。

「……ありがとうございます」

どうやら成香は寝込《ねこ》んでいるわけではないらしい。少なくとも、雛子の演技疲《づか》れのような症状《しょうじょう》ではないようだ。

使用人が示した方向には、大きな和風の庭園があった。

細かい砂の上に敷《し》かれた石の足場を歩く。此花家の屋敷や貴皇学院は西洋風なので、新《しん》鮮《せん》な気分に包まれた。

（あぁ……色々、思い出してきた）

俺はこの庭園に来たことがあった。

幼い頃《ころ》、俺は成香とよくこの庭園で遊んでいた。

ところどころ景色は変わっているが、間違いない。

（確か、ここに抜《ぬ》け道《みち》があって……）

都島家の屋敷を囲う塀《へい》は見るからに頑丈《がんじょう》そうで高いが、目の前にある生け垣《がき》の奥《おく》に進むと、その先にある塀には僅《わず》かな窪《くぼ》みが存在した。この窪みに足を引っ掛けると、塀を登ることができるのだ。

俺と成香が、こっそり外へ出るために利用していた抜け道である。

子供の足でないと引っ掛けられない程度の小さな窪みだ。だから当時は誰にも気づかれなかったのだろう。

しかし今、改めてその塀を見てみると……窪みは一つもない。

流石《さすが》にもう修繕《しゅうぜん》されたようだ。

「む？」

寄り道から戻ろうとしたその時、少女の声が聞こえた。

振り返ると、そこには袴姿《はかますがた》の成香がいた。

「い、伊月っ⁉　どうしてここに――っ⁉」

「見舞いに来たぞ」

そう伝えると、成香は目を見開いた。

（成香に連絡は届いてなかったのか……？）

静音さんが事前にアポを取っていたはずだが、成香は大層驚いていた。

「み、見舞いって……私はちょっと突き指《つゆび》しただけだぞ」

「突き指……」

成香は自身の右腕《みぎうで》を持ち上げる。

その人差し指には包帯が巻かれていた。それ以外に目立った怪我《けが》はない。……どうやら本当に突き指しているだけのようだ。

一先《ひとま》ず、精神的な疲労でなくて安堵《あんど》する。

しかし冷静に考えれば決して安堵できる結果ではない。

「……競技大会は、大丈夫《だいじょうぶ》なのか？」

「ああ。このくらいなら問題ないと思う」

成香は包帯の巻かれた指を見て言った。

「本当は今日も学院を休むつもりはなかったんだが、父が過保護でな。無理《むり》やり、病院に連れて行かれたんだ」

「……そうか」

俺にとって成香の父親は厳しいイメージしかなかったので、少々意外な説明だった。

何はともあれ、無事でよかった。

「しかし、そうか。伊月は私を心配して、わざわざ家までやって来たのか」

成香はニマニマと変な笑みを浮《う》かべて呟《つぶや》く。

「心配するに決まってるだろ。俺がここ最近、どれだけ成香のことを考えていると思ってるんだ」

「んっ……ふ、普段は雑に対応するくせに、偶《たま》にそういうことを言うのはズルいぞ……」

成香はこちらから視線を逸《そ》らした。

横顔と耳が赤く染まっている。

「それと、ひな……此花さんから伝言だ。体調不良には、大人しく寝《ね》ることが最大の薬だってさ」

「……妙《みょう》に実感の込められた言葉だな」

鋭《するど》い。

実際、雛子は自身の経験に基づいた伝言を俺に預けていた。

「しかし生憎《あいにく》、私の負傷は本当に軽いものだ。睡眠《すいみん》時間は十分足りているし……むしろ普段と違《ちが》って今日は全然身体を動かしていないから、正直ウズウズしているぞ」

成香は怪我していない方の腕《うで》をむずむずと動かしながら言った。

まあ先程《さきほど》の伝言は、成香が精神的な疲労を抱えているのではないかと予想した上でのものだ。ただ突き指しただけなら、別に必要以上に寝なくてもいいだろう。

「成香は普段から運動しているのか？」

「ああ。毎朝早起きして、道場で竹刀《しない》を振っている。しかし今日は病院に行ったからそれができなくてな……体力が有り余っているんだ」

なるほど。だから多分、今もこうして庭園をうろうろしていたのだろう。

それにしても、普段から早朝に道場で身体を動かしているとは……どうりで運動が得意なわけだ。他の生徒とは意識が違う。

「折角見舞《せっかくみま》いに来たわけだし、何か俺にできることがあったら言ってくれ」

「と、言われても………あっ!!」

成香は急に大きな声を出す。

「そ、そうだ！　伊月！　私がこの前、此花さんとテニスで勝負して、勝ったことを覚えてるか!?」

「あ、ああ。覚えてるけど……」

「あの権利を、い、いいい今、使おうと思う……っ！」

そう言って成香は、真っ赤な顔でこちらを見つめた。

「わ、私と、一緒《いっしょ》にお出かけしてくれまひぇんかっ!!」

思いっきり噛《か》みながら、成香は頭を下げた。

◆

一緒にお出かけをしたいという成香の要望に応え、俺たちは都島家の外に出た。

「親の許可は貰《もら》ったのか？」

「ああ。まあ基本的に、私は行動を制限されていないけどな」

細長い坂道を下りながら、成香と会話する。

どうやら成香は、雛子や天王寺さんと比べると自由な生活が許可されているらしい。

「以前も言ったような気がするが……私の家は武闘派《ぶとうは》なんだ」

歩きながら、成香は語った。

「都島家の当主はあらゆる武道を修める決まりがある。そしてその子孫は、当主に実力を認めてもらいさえすれば、ある程度の自由が許される。……私は父に、柔道《じゅうどう》と剣道《けんどう》で勝利したから、大抵《たいてい》のことが許されている」

「……変わった家訓だな」

思わず苦笑してしまう。

成香は両親に信頼《しんらい》されている……というより、両親をちゃんと説得したようだ。

恐らく、この武闘派という言葉が、悪いニュアンスとして学院中に広まってしまったのだろう。その結果、成香＝怖《こわ》い人という印象が根付いたのだ。

貴皇学院に不良はいない。だからその生徒たちは、暴力的な雰囲気《ふんいき》に免疫《めんえき》がない。

だからこそ、成香は悪目立ちしてしまったのだろう。

「ところで成香。行き先は何処《どこ》なんだ？」

「それは勿論……ここだ！」

成香が目の前を指さして言う。

指が示す先には、小さな店があった。

「駄菓子屋《だがしや》か」

「ああ！　ここには私たちの思い出が沢山《たくさん》詰まっている！」

まあ、なんとなく行き先は予想はしていたが……。

そこは幼少期、俺《おれ》たちが通っていた駄菓子屋だった。

久々に入った駄菓子屋の景色は、思ったよりも変わっている。当時はもう少し古めかしかった気もするが、壁《かべ》が綺麗《きれい》になっていたり、最近の映画のポスターなどが飾《かざ》られていたりした。時の流れを感じる光景に、しばらく立ち止まる。

「成香は、いつもここに来てるのか？」

「そうだな。ほぼ毎日来ているぞ」

それは知らなかった。

どうやら成香は本当に、駄菓子が気に入ってしまったらしい。

「折角だから伊月にオススメを教えてやろう。まずは安定の、うんまい棒コーンポタージュ味。次に、がっつり食べたい時は、蒲焼《かばや》きさまかジメジメしてんじゃねーよがオススメだ。逆にのんびりしたい時はラムネがオススメだが、その中でもこの缶《かん》型ラムネは色んな味を楽しめるぞ」

「そ、そうか……」

熱の込《こ》められた成香の説明を聞いて、俺は曖昧《あいまい》な相槌《あいづち》しか打てなかった。

俺より詳《くわ》しい……。

斜《なな》め上の成長に驚愕を隠《かく》しきれない。

「じゃあ適当に買って、公園で食べるか」

「ああ！」

成香は目をキラキラさせながら、駄菓子を選んだ。

駄菓子を買うためだけに、小銭《こぜに》だけが入った財布《さいふ》を用意していたようだ。レジに向かった成香は、年老いた女性にお金を手渡《てわた》していた。

多分、雛子や天王寺さんと比べて、成香は庶民《大多数》の生活に共感できる。

だから以前、北にスポーツの面白《おもしろ》さを伝えることができたのだろう。テレビやゲームなど、多くの人が普段から楽しんでいるものを理解しているのだ。

俺も幾《いく》つか駄菓子を買って、成香と一緒に公園へ向かった。

「この公園で、伊月と一緒に駄菓子を食べるのも久しぶりだな」

「……そういえば、昔もここで食べていたな」

　ベンチに腰《こし》を下ろして、二人で駄菓子を満喫《まんきつ》する。

「伊月……それは何だ？」

　ふと、成香は俺が食べているものを凝視《ぎょうし》して訊いた。

「何って、うんまい棒だけど」

「い、いやでも、そんな味見たことがないぞっ！　多分新作だ……っ!!」

　駄菓子マニアの成香にとっては大層驚くことだったらしい。

　うんまい棒松前漬《まつまえづ》け味……確かに今まで見たことがない味だ。ほぼ毎日来ている成香が知らなかったのだから、今日かここ数日のうちに発売されたのだろう。新商品の宣伝がされていなかった辺り、駄菓子屋の良くも悪くも雑なスタンスが伝わってくる。

　成香は興奮した様子で、俺の駄菓子を見つめていた。

「……食べるか？」

「い、いいのか!?」

「まあ俺は別に、そこまで味にこだわりがないし」

　そう言って俺は、袋《ふくろ》を開けたばかりのうんまい棒を成香に渡《わた》そうとしたが、

「ま、待て。折角だから、その、だな……」

　成香は、顔を赤く染めながら口を開く。

「あ、あーん……」

成香は視線を逸らしながら、俺の目の前で口を開いた。

何がしてほしいのかは、分かるが……。

「……恥《は》ずかしくないのか？」

「恥ずかしくにゃい」

恥ずかしそうだ。

「ほ、ほら、昔は食べさせてくれただろう。あの時の気分をだな……っ！」

「……はいはい」

動揺を押《お》し殺すことができたのは、普段、雛子相手に同じことをしているからか。

雛子と大きく違う点は、成香がとても恥ずかしそうにしていることである。耳まで真っ赤に染める成香に、俺はうんまい棒を近づけた。

そのまま食べさせる前に――ひょい、とうんまい棒を右に逸らす。

「むっ？」

成香が右を向いた。

今度は左に逸らすと、

「む、むっ？」

成香は左を向いた。

妙な悪戯心《いたずらごころ》が湧《わ》いてしまい、俺はうんまい棒を左右に揺《ゆ》らした。

その度《たび》に成香は首を左右に振《ふ》った。

そのまましばらく、成香をからかっていると、

「く、くれないのかぁ………？」

成香は上目遣《うわめづか》いでこちらを見つめた。

そのあまりにも不安そうな顔を見て、俺はうんまい棒を成香の口元へ向ける。

「よし」

合図すると同時に、サクッと音を立てて成香はうんまい棒を食べた。

（本当に、犬みたいだな……）

この、本能を制御《せいぎょ》できていない様子というか、それでいてこちらの意図には従順というか……ついからかいたくなってしまった。

「んーむ！　これも、うんまいな！」

成香は美味《おい》しそうにうんまい棒を食べていた。

（……雛子の言う通りかもな）

以前、雛子は俺と成香の距離《きょり》感を見て「自然な感じがする」と言っていた。

あの言葉は、正しいかもしれない。

雛子や天王寺さんと二人きりだと、偶に緊張《きんちょう》して上手《うま》く喋《しゃべ》れないことがある。

しかし成香が相手だと俺は気楽でいられた。この穏《おだ》やかな一時を、ずっと過ごしていたいとすら思う。

「ふふっ……流石にこれは、私の特権だろう」

ふと、成香は遠くを眺《なが》めながら呟いた。

「何のことだ？」

「伊月は普段から学院のお嬢様と接しているが、流石にこうして二人きりで出かけることは、殆《ほとん》どないんじゃないか？　此花さんはあると言っていたが……あれはきっとブラフに違いない。天王寺さんも家が厳しそうだからな、多分ないだろう」

家が厳しいのは成香も同じだと思うが、それはさておき――。

「いや、そんなことないぞ。どちらも一回くらいは一緒に遊んでる」

「えっ⁉」

厳密には、雛子に関しては静音さんなどお付きの人が近くにいることが多いため、二人きりではないかもしれないが、感覚的には同じだ。

「そそそ、それは、いつ……どこで……っ⁉」

「時期はうろ覚えだけど、天王寺さんは一ヶ月くらい前で、此花さんはもう少し後だな」

婚約《こんやく》を止《や》めてほしいと暗に伝えた、あの時のことである。

「場所は、ゲームセンターだ」

「ゲ、ゲームセンター!?　あああ、あんなチャラチャラした場所に!?」

駄菓子マニアで庶民の生活に多少精通している成香でも、流石にゲームセンターは警戒する場所らしい。

「…………ズルい」

「え？」

成香は立ち上がって言った。

「ズルい！　私も行くっ！」

◆

念のため静音さんに連絡した俺は、成香と共にゲームセンターへやって来た。

都島家が用意してくれた車から降り、俺たちは店内に入る。

（ここに来たのも、三度目だな）

一度目は天王寺さん。二度目は雛子。そして三度目は成香だ。

まさか、貴皇学院でも屈指《くっし》のお嬢様である三人を、同じゲームセンターに案内するとは思っていなかった。

ここに来たからには、まず――警戒せねばならない。

俺は周りにいる人たちの顔ぶれを確認《かくにん》した。

「どうしたのだ、伊月？　そんなにキョロキョロして」

「いや、ちょっと知り合いがいないか確認を……」

天王寺さんとこの店に来た時、幼馴染《おさななじ》みと遭遇《そうぐう》してしまった。

結局、あの時は何も話さなかったが……ちょっとした気まずさを感じたので、できれば今回はあまり遭遇したくなかった。

最初から会うつもりなら全然平気なわけだが……あの後、メールを送っても反応がなかったのだ。だから正直、今会うのは怖い。

「しかし、伊月……本当に、ここに此花さんや天王寺さんが来たのか？」

「まあ」

「す、凄《すご》いな。私も初めて来たが……ここにあの二人がいるイメージが、全く湧かない」

それは俺も同感である。

「取り敢えず、一通り遊んでみるか」

天王寺さんや雛子の時と同じように、成香に色んなゲームを経験させることにした。

「む？　……なるほど、こんな感じか！」

成香は他二人のお嬢様と比べると、かなりゲームに適応していた。

レースゲームも二周目に入る頃には基本的な運転ができるようになっている。リズムゲームも、身体を動かす類《たぐ》いなら初回で平均以上の得点を叩《たた》き出してみせる。

もしかするとここは、成香の輝《かがや》く場所なのかもしれない。

ゲームセンターで輝くお嬢様とは、中々斬新《ざんしん》だが……。

「伊月、これはなんだ⁉」

「それはホッケーだな」

今のところ、俺がここに連れてきたお嬢様の全員がホッケーに注目している。

天王寺さんはこれをフライングディスクだと勘違《かんちが》いし、雛子はコースターだと勘違いしていたが……。

「なるほど。この白い円盤《えんばん》を打ち合うゲームだな」

成香は瞬時《しゅんじ》にゲームの内容を理解した。

こと身体を動かすゲームに対して、成香はとても勘《かん》が鋭いようだ。

「伊月！　やってみたいぞ！」

「よしきた」

百円玉を筐体《きょうたい》に入れて、成香と向かい合う。

それから俺たちは、しばらくホッケーに夢中になったが――。

「……………嘘《うそ》だろ」

気づけば三十分が経過していた。

そして、これまでのゲームの結果に俺は絶句する。

「これで私の三連勝だな！」

丁度、今、三セット目が終わったところだった。

成香といい勝負ができたのは、一セット目の半ばくらいまでだった。そこから先はコツを掴《つか》んだ成香の一方的なゲームの始まりである。

（ホッケーって、こんなに圧倒的《あっとうてき》な勝負ができるのか……）

三セット目は一ポイントも取れなかった。

これはゲームではない。蹂躙《じゅうりん》である。

「も、もう一回だけいいか？」

「勿論《もちろん》だ、受けて立とう」

このままでは悔《くや》しいので、あと一セットだけプレイさせてもらう。

（雛子がやっていたように……）

以前、雛子がやっていたフェイントを試《ため》してみる。

パックを打つフリをして、相手が体勢を崩《くず》した瞬間《しゅんかん》、今度こそゴール目掛《めが》けてパックを打つが――。

「ぐっ」

成香はあっさりカウンターを決めてみせた。

「……反射を活《い》かすゲームだからスカッシュに似ていると思っていたが、やはり完全に別物だな。たとえ子供の力でも、本気で打ち合えば反射神経と動体視力の限界を容易に越《こ》えてしまう。状況《じょうきょう》判断の余地がないから競技性は薄《うす》いが、直感的でよくできたゲームだ」

成香はスポーツ用品メーカーの娘《むすめ》として、このエアホッケーを分析《ぶんせき》していた。

もしかすると近々、成香の実家がエアホッケーの筐体を販売《はんばい》するかもしれない。

「ふう……満足だ！」

一通りゲームを遊んだ後、成香は気分爽快《そうかい》といった様子で言った。

「ゲームセンターに来たのは初めてだが、中々面白いな！」

「……そうだな」

ボロボロに負けた俺は、複雑な心境だった。

天王寺さんも、俺に負け続けた時はこんな気持ちだったのだろうか。

「……それに、これで此花さんたちに対する遅《おく》れも取り戻せた」

成香が呟く。

遅れとは……一瞬《いっしゅん》意味が分からなかったが、すぐに察する。

恐《おそ》らく、俺が先にあの二人とゲームセンターに来たことを言っているのだろう。

「別に、対抗心《たいこうしん》を燃やすことじゃないだろ」

「……燃やすさ」

成香は、小さな声で言った。

「だって……伊月と最初に出会ったのは、私だったんだ」

視線を下げ、成香は訥々《とつとつ》と語る。

「私が、この学院の誰《だれ》よりも、伊月と早く出会ってるんだぞ。なのに伊月は、気づけば色んな人たちに慕《した》われているし……」

そう告げる成香の様子は、まるで拗《す》ねた子供のようだった。

唇《くちびる》を尖《とが》らせ、つまらなそうな顔をしている。

それはひょっとすると、対抗心ではなく――。

「……もしかして、ヤキモチを焼いているのか？」

「んな──っ⁉」

指摘すると、成香は顔を真っ赤に染めた。

「ヤ、ヤキモチって、わわ、私は別に、そんなつもりじゃ……っ⁉」

「だよ、な。悪い、俺も変なこと言って」

気が置けない相手だからと油断した。

感じたことをそのまま伝えてしまった。

しかし、俺が軽く頭を下げると、成香は何故《なぜ》か難しい顔をした。

「…………いや」

震《ふる》えた声で、成香は否定した。

「焼い、てる………」

「え？」

まるで、この感情をなかったものにはしないでほしいとでも言わんばかりに……。

成香はどこか、俺に向かって抗議《こうぎ》するかのように告げた。

「わ、私は……ヤキモチを、焼いてる……っ！」

耳まで赤く染めながら、成香は真《ま》っ直《す》ぐ俺を見つめた。

「そ、れは……」

「……」

どう返事をすればいいのか分からない。

雛子や天王寺さんと違って、成香が相手なら気楽だと思っていたが――今、そんなことはないんだと気づいた。

潤《うる》んだ瞳《ひとみ》。紅潮した頬《ほお》。

上目遣いでこちらを見つめる成香を前にして、俺は全然、自然体ではいられなかった。

俺は今、純粋《じゅんすい》に成香のことを、可愛《かわい》いと思って――――。

「成香お嬢様《じょうさま》」

その時、横合いから誰かに声を掛《か》けられる。

いつの間にか、俺たちの隣《となり》には着物を身につけた都島家の使用人が立っていた。

「そろそろ暗くなりますので、お迎《むか》えに参りました」

「あ、ああ。分かった」

ゲームセンターに着物を着た美人がいるので、俺たちは中々目立っていた。

注目から逃《に》げるように外へ出る。

「それと、友成様」

都島家の車に乗せてもらったあと、使用人に告げられる。

「当主……武蔵《むさし》様がお呼びです」

「……え？」

◆

車で都島家の屋敷に戻った後、俺は成香と別れて武蔵さんのもとへ向かった。

玄関《げんかん》から中へ入り、細長い廊下《ろうか》を進む。

襖《ふすま》を開き、畳《たたみ》が敷かれた和室に入ると、その奥に精悍《せいかん》な面構《つらがま》えの男性が座っていた。

「お、お久しぶりです」

「……ああ」

この人物こそが、都島武蔵……成香の父だった。

現在、国内最大手であるスポーツ用品メーカーの社長を務めており、その手腕《しゅわん》は見事なものらしく業績は右肩上《みぎかた》がりが続いているとか。

俺はこの人に、苦手意識を持っていた。

幼少期、成香を外に連れ出したことで厳しく叱責《しっせき》されたのだ。

それ自体は俺が悪いので、怒《いか》りを抱《いだ》いているわけではない。ただ純粋に、あの時の恐怖《きょうふ》が記憶《きおく》に強く刻まれており、こうして対峙《たいじ》するだけでも身が竦《すく》んでしまう。

使用人は丁寧《ていねい》に一礼して、部屋を去った。

二人きりになったこの空間で、俺と武蔵さんは互《たが》いに唇を引き結ぶ。

(……なんで、何も話さないんだろう)

あれ、俺は本当に呼ばれたんだよな？

一瞬疑問を抱くが、武蔵さんに困惑《こんわく》した様子はない。

居たたまれない気持ちでしばらく待っていると、武蔵さんはゆっくり口を開いた。

「最近、娘の人付き合いに干渉《かんしょう》しているようだな」

武蔵さんが告げる。

目の前で和太鼓《わだいこ》が叩かれたかのような、腹の底までずんと響《ひび》くような声だった。決して大声を出されたわけではないのに、強く響いて聞こえる。この迫力《はくりょく》は紛《まぎ》れもなく、目の前に座る男が醸《かも》し出しているものだ。

「そう、ですね。協力させていただいています」

「協力か……」

武蔵さんは含《ふく》みのある相槌を打った。

今のところ、叱責される様子はない。

安堵すると同時に、俺はある疑問を抱いた。

「あの……成香の、学院での評判は知っていますか？」

「多少はな」

武蔵さんは顔色一つ変えずに答えた。

「成香は、お前が思っているほど守られる必要はない」

よく通る声で、武蔵さんが言う。

目には見えない大きな威圧《いあつ》感が全身にのし掛かった。

今すぐに頭を下げて、謝罪したいという気持ちに駆《か》られる。とにかく、この恐ろしい空間から逃げ出したかった。

しかし、それよりも気になることがある。

先程の問答。武蔵さんの「多少」という返事……もしかして武蔵さんは、今の成香がどのような悩《なや》みを抱《かか》えているのか、詳しくないのではないだろうか。

「……守るなんて、上から目線では考えていません。それでも、成香が悩んでいるのは事実だと思います」

支えたいだとか、手伝ってやりたいだとか、そんな気持ちはなかった。

最初はあったかもしれないが、今は違う。成香の長所を知った俺は、周りの人たちにもっと成香のことを知ってほしいと思うようになっていた。

これは優《やさ》しさではない。

成香のことを尊敬している俺の、個人的な願望だ。

「悩んでいる、か」

俺の返答を聞いて、武蔵さんは小さな声で呟き、

「それは、お前のせいだ」

「……え？」

意味の分からないことを言われた。

成香が悩んでいるのは、俺のせい……？

「もういい」

そう言って武蔵さんは立ち上がり、奥の襖を開いた。

立ち去ろうとするその背中に、思わず声を掛ける。

「ちょ、ちょっと待ってください。今のは、どういう意味で――」

「出ていけ。……私は忙《いそが》しい」

こちらへ振り返ることもなく、武蔵さんは部屋を出ていってしまった。

襖が閉じられ、その姿が見えなくなる。

同時に、背後の襖が開いて使用人が姿を現わした。

「玄関までご案内します」

返事もろくにできないまま、俺は使用人の案内に従って屋敷《やしき》の出口へ向かう。

その途中《とちゅう》、強い足踏《あしぶ》みの音が聞こえた。

（……道場か）

敷地内《しきちない》にある専用の道場だ。

懐《なつ》かしさが込み上げる。

そこは俺と成香が出会った場所だ。

「……あの、最後に成香に会ってもいいですか？」

「問題ありません」

てっきり断られるかと思ったので、少し驚《おどろ》く。

使用人に軽く頭を下げ、俺は成香のもとへ向かった。

道場に入ると、竹刀を構えている成香が見えた。

頬を伝う汗《あせ》がキラキラと夕陽《ゆうひ》を反射する。背筋を伸《の》ばし、凜《りん》とした表情を浮かべる成香は、静かに――厳《おごそ》かに竹刀を振るった。

「……伊月か？」

こちらの存在に気づいた成香が、ゆっくり振り返った。

どれほどの時間かは分からないが、俺はしばらく成香に見惚《みと》れてしまったらしい。

「練習中か」

「ああ。競技大会も近いからな」

そう言って、成香は構えを解く。

「父に何か言われなかったか？」

その問いに、一瞬だけ答えが詰《つ》まる。

俺のせいだと言われたことは気になるが、わざわざ成香に伝える必要はないだろう。

「……いや、特に何も」

「そうか。まあ父も伊月のことは気に入っていたから、変なことは言わないだろう」

「え？」

耳を疑ってしまうような言葉が聞こえた。

「武蔵さんが、俺のことを気に入ってる……？」

「ああ、そう言っていたぞ」

成香はどこか嬉《うれ》しそうに言った。

しかし俺は、困惑する。

（もしかして……娘には嘘をついているとか？）

自分の個人的な好き嫌《きら》いで、娘の人間関係に影響《えいきょう》を与《あた》えたくない……そういう気遣《きづか》いだろうか？

武蔵さんの真意は分からないが、本人に問い質《ただ》すような勇気はない。

もう遅《おそ》い時間だし、そろそろ帰った方がいいかもしれないが――。

「……成香。竹刀、もう一本あるか？」

練習を再開しようとする成香に、俺は思わず声を掛けた。

「む？　用意はできるが……」

「折角《せっかく》だから、練習に付き合わせてくれ。俺で力になれるか分からないけど」

テニスで指導してもらったお礼だ。

「それは助かる！　竹刀を持ってくるから待っててくれ！」

成香はパタパタと足音を立てて道場の倉庫へ向かい、俺の分の竹刀も用意してくれた。

防具はつけない。そろそろ日も暮れるし、そこまで本格的に練習するつもりはない。

「あ、そうだ。伊月、最初にこれだけは伝えておくぞ」

「なんだ？」

互いに竹刀を構えたところで、成香が告げる。

「私は——あまり手加減が好きではない」

竹刀の先端《せんたん》が触《ふ》れ合った。

次の瞬間、成香は目にも留まらぬ速さで肉薄《にくはく》した。

身体が上下しない、距離感を掴みにくい踏《ふ》み込みだ。不意を突《つ》かれた俺はそのまま一歩下がるが、それよりも早く成香の竹刀は俺の頭上に迫《せま》った。

体勢を崩された俺は、そのまま床《ゆか》に尻餅《しりもち》をつく。

「お、おぉ……？」

「安心しろ。寸止めする。伊月は好きに打ち込んでもいいぞ」

そう言って成香は、手を差し伸べてきた。

その手を握《にぎ》って立ち上がった俺は、再び構える。

（剣道も、習っているつもりだったが……っ）

成香には言わなかったが、俺は護身術の一環《いっかん》で、静音さんからしばらく剣道を習った。

もっとも、剣道は剣《けん》……即《すなわ》ち特殊《とくしゅ》な武器がないと成立しない武道である。武器の用意すらままならない緊急《きんきゅう》事態の際に身を守ることを想定した護身術とは相性《あいしょう》が悪く、そこまで深く学んだわけではない。

だから俺の剣道は、精々、素人《しろうと》に毛が生えた程度だ。

しかし、それにしても——成香は圧倒的だった。

「さあ、もう一本だ！」

再び尻餅をついた俺に、成香が手を差し伸べて言った。

竹刀《しない》を構える。すると前方から、凄《すさ》まじい迫力を感じた。

（これが、成香……っ）

対峙するだけで強烈《きょうれつ》な威圧感を覚えた。

先程《さきほど》、俺が武蔵さんから感じたものと全く同じだ。

（これが、皆が見ている成香か……ッ!!）

恐ろしい。

本人にその気は微塵《みじん》もないのだろうが、まるで刃《やいば》を突きつけられているかのようなプレッシャーを感じる。

俺は最後まで、殆ど何もできないまま成香に負けた。

振り下ろされた竹刀を受け止めきれず、よろめいてしまう。

「だ、大丈夫《だいじょうぶ》か、伊月っ⁉」

「ああ……なんとかな」

成香は慌《あわ》ててこちらに近づいた。

「すすす、すまない……熱が入るとすぐこうなんだ……嫌わないでくれぇ……っ」

やり過ぎてしまったと感じているのか、成香は涙目《なみだめ》になって謝罪した。

その様子に俺は思わず噴《ふ》き出しそうになる。

なんてギャップだ……先程までは鬼《おに》のように強かったのに、今は翻《ひるがえ》って臆病《おくびょう》な少女になっている。この大きなギャップは雛子に近いものを感じた。

「……凄いな」

落ち着きを取り戻《もど》した後、俺の胸中には尊敬の念だけが残った。

「成香は、こんなに強かったんだな」

「私は大抵のことが苦手だ。だから、せめて得意なことには胸を張りたくてな。……必死に練習したんだ」

「それもまた、弱さを知る強さか」

他の分野は苦手だから、せめてこれだけはと磨《みが》き抜《ぬ》いたのだろう。

己《おのれ》の弱さを知らないと貫《つらぬ》けない信念だ。

成香の言葉に感心していると……何故か成香は、拗ねた顔をする。

「……やっぱり、忘れているんだな」

「え？」

「弱さを知る強さは、伊月に教えてもらった言葉だぞ」

成香は溜息《ためいき》を吐《つ》いた。

「昔、私が伊月のことを強いと言ったら、伊月が教えてくれたんだ」

「……ぁ」

頭の中で、過去の思い出が蘇《よみがえ》る。

『いつきは……わたしより、強いんだな』

遠い昔、成香にそう言われた。

部屋に入った虫を成香の代わりに追い出した時か、或《ある》いは武蔵さんに怒《おこ》られて泣き出した成香を宥《なだ》めていた時か、細かいところは覚えていないが……。

その言葉に対して、俺はどう答えたのか。

確かあの時、俺が告げたのは――。

「……強くは、ないですよ」

俺は、自分は決して強くないと言って、

「ただ俺は、自分の弱さを知っているから……必死になれるだけです」

成香に、そう言ったはずだ。

あの日の言葉を思い出した俺《おれ》に、成香は柔《やわ》らかい笑《え》みを浮《う》かべる。

「そうだ。……その言葉が、今も私の胸に刻まれている」

成香は大切な思い出をしまい込むように、胸に手をやった。

当時の自分と、今の自分が繋《つな》がる。

家が貧乏《びんぼう》だから、俺は幼い頃《ころ》から苦労していた。高校生になってからも毎日バイト三昧《ざんまい》で、その上で勉強もするのは本当に大変だった。

今は今で、貴皇学院という環境《かんきょう》や、お世話係という仕事に慣れるべく忙《せわ》しない日々を過ごしている。好きでやっていることだが、苦悩《くのう》がないわけではない。

昔も今も必死だ。……死《し》に物狂《ものぐる》いだ。見栄《みえ》を張る余裕《よゆう》なんてないから、いざという時は誰かに頼《たよ》ることもある。

傍《はた》から見れば、俺はみっともなく映るかもしれない。

けれど俺は、そのみっともなさのおかげで、今まで直面した困難をなんとか乗り越えられたんじゃないかと思っている。

「だから私は、できれば競技大会では手を抜きたくない。これが……これこそが、伊月のおかげで見つけることができた、私の必死になれるものだからな」

恥ずかしさと誇《ほこ》らしさを綯《な》い交《ま》ぜにした面持《おもも》ちで、成香は言った。

成香も必死だった。

なら——やっぱり、その気持ちは報《むく》われるべきだと思う。

競技大会は目前まで迫っている。

しかし成香のイメージはまだ完全には払拭《ふっしょく》しきれていない。

何か俺に、できることはないだろうか……。

そんな思いを隠《かく》しながら、俺は都島家を後にした。

◆

競技大会——当日。

貴皇学院のグラウンドには、大勢の人が集まっていた。

「凄い人の数だな」

通常の高校よりも遥《はる》かに広い貴皇学院のグラウンドが、生徒と来賓《らいひん》でいっぱいになっていた。それでも雑多な空気にはならず、どこか優雅《ゆうが》で余裕のある雰囲気《ふんいき》が残っている。貴皇学院の気品ある雰囲気と、来賓の人たちの整った服装によるものだろう。

「……半分は、使用人とかだと思う」

驚く俺に、隣に佇《たたず》む雛子が言った。

「生徒の家族じゃないのか？」

「ん。……ここの生徒の親は、大体、毎日忙しいから」

確かに、それはありそうだ。

「じゃあ華厳《かげん》さんは来てないのか」

「その代わりに私が来ました」

急に背後から声を掛けられ、俺は飛び上がるほど驚いた。

「し、静音さん、いつの間に……」

「つい先程です。本日は華厳様に、お嬢様の撮影《さつえい》を命じられましたので」

「んぅ……恥ずかしいから、いい」

ビデオカメラ片手に説明する静音さんに、雛子は少し嫌《いや》そうな顔をした。

それはまるで、どこにでもいる家族のやり取りのように聞こえた。

（意外と、普通《ふつう》の家族サービスもしているのか……？）

華厳さんのことだから、雛子がボロを出していないかチェックしたいだけかもしれないが……できれば、一人の父として雛子のことを見守ってほしいと思う。

「友成！　ダンス部門のパフォーマンスが始まるから、もっと前の方へ行こうぜ！」

遠くから大正の声が聞こえた。

静音さんは一礼して、来賓席《らいひんせき》の方へ向かう。

俺と雛子は、大正が用意してくれた場所へ向かった。

「此花さんだ……」

「み、道を、開けなきゃ……っ!!」

人集《ひとだか》りが雛子を中心にばらける。

この時、今までの俺なら悪目立ちしていたみたいだが――。

「友成君」

北に小さく声を掛けられ、俺は手を振った。

更《さら》にその奥《おく》では、A組トップカーストの一人である住之江さんもいる。静かに頭を下げる住之江さんに、俺も軽く会釈《えしゃく》した。

もう大丈夫だ。

今の俺は、これまでよりもほんの少しだけ、堂々と雛子の傍《そば》にいられる。

「こっちですわよ、お二人とも」

途中、天王寺さんの声を聞いて、俺たちはようやく皆のもとへ辿《たど》り着いた。

同時に、ダンス部門のパフォーマンスが始まった。

「先頭に旭がいるな」

大正の言う通り、旭さんは一番目立つ先頭にいた。

旭さんたちはチアリーダーの格好でダンスを踊《おど》る。

数は少ないらしいが、最近は実業団のチアダンスチームもできているらしく、今回はその関係者が振《ふ》り付《つ》けを考えたらしい。そのためか、旭さんたちのダンスは本格的で、グラウンドに集まる観客は大いに盛り上がった。

「……ああして見ると、旭もわりと可愛い方だよなぁ」

「そうですね。チアリーダーの服もよく似合ってますし……」

ほぼ反射的に本音を述べたが、その瞬間、あらゆる方向から視線を感じた。

雛子は「ふぅん」と、天王寺さんは「へぇ」と、成香は「むっ」と声を漏《も》らした。

多分、俺は今……迂闊《うかつ》な発言をしてしまったのだろう。

『以上でダンス部門のパフォーマンスを終了《しゅうりょう》いたします。生徒の皆さんは会場へ移動を開始してください』

パフォーマンスが終わり、俺たちは大きな拍手《はくしゅ》をする。

最後に先頭で、旭さんが達成感に満ちた表情を浮かべていたことが印象的だった。

「じゃ、俺はスキーだから移動するぜ」

「わたくしも、ポロの会場へ向かいますわ」

会場が異なる天王寺さんと大正は、スケジュールが詰まっているので足早に移動した。

「成香、大丈夫か？」

隣にいる成香へ声を掛ける。

遂《つい》にやってきた競技大会の本番。昨年、トラウマを植え付けられた成香の心境はどのようなものだろうか。

「……大丈夫だ」

成香は胸に手をやり、ゆっくりと答えた。

「今朝、またクラスメイトに声を掛けられたんだ。試合を応援《おうえん》していると言われた。多分そのクラスメイトは、私が去年しでかしたことを知らなかったんだと思うが……おかげで力が湧《わ》いている」

成香は嬉しそうにそう言って、俺の方を見た。

「伊月のおかげだ。もう私は怖《こわ》くない」

「……そうか」

どうやら、競技大会に前向きになれるくらいには、吹っ切れてくれたらしい。

現状、成香の元々のイメージを払拭できたのは、A組とB組の生徒くらいだ。残りのC

組、D組、E組の生徒は分からない。

本当は、もっと色んな人に成香のことを認めてほしい。

しかしそれは俺のエゴだろうから、成香に伝えることは憚《はばか》られた。

「お互い頑張《がんば》るか」

「ああ！　武運を祈《いの》るぞ！」

成香と別れ、俺と雛子はテニス部門の会場へと向かった。

「更衣室《こういしつ》はあっちだな」

テニス部門は男女別で進行され、コートも分かれている。

試合はすぐに始まるため、次に俺たちが合流するのは一回戦が終わった後だ。

「それじゃあ雛子、また後で」

「ん……適当に勝ってくる」

当たり前のように雛子はそう言って、更衣室へ向かった。

強キャラ感が滲《にじ》み出ている……伊達《だて》に去年の優勝者ではない。

俺も更衣室へ入り、着替《きが》えを終えてからコートへ向かった。

シューズやラケットは一応、貸し出されている。しかし俺は成香と練習する際に、静音さんから一通りの道具を用意されていたので、そちらを持参していた。

成香に言われた通り、俺は此花家の屋敷で何度も壁打《かべう》ちしていた。

おかげでボールのコントロールには多少自信がついている。

一回戦。コートの中に入った俺は、見知らぬ男子と対峙した。

ラケットを回しながら倒《たお》し、その表《アップ》・裏《ダウン》を予測する。俺の予想通り表が出たので、サーブとレシーブを選択《せんたく》する権利をもらった。

俺はサーブを選択する。

「ワンセットマッチ、プレイ！」

審判《しんぱん》が試合の開始を宣言した。

殆《ほとん》ど付《つ》け焼《や》き刃《ば》のサーブを打つが、相手も上手《うま》く返せていない。

静音さんは、貴皇学院の生徒たちは文武両道と言っていた。しかし生徒の中には北のように、どうしても運動を苦手とする人もいる。

多分、今回の相手はその一人だ。

それでも俺の実力では油断できない。

（ボールを左右に散らすことで、相手を疲《つか》れさせる……っ！）

成香に教えてもらった基礎《きそ》を思い出しながら、俺はボールを返す。

相手を走らせる意識だ。できるだけ中心にはボールを返さず、左右に打ち分ける。

試合が進むにつれて、相手は目に見えて疲労《ひろう》し、最後は殆ど動けなくなった。

「ゲームセット！」

審判が試合の終わりを告げる。

結果は俺の勝ちだった。

「——よしっ‼」

思わずガッツポーズする。

成香に教わっていなければ確実に初戦で負けていただろう。

努力が実った瞬間だった。

コートを出た俺は、すぐに雛子との集合場所へ向かった。

校舎の裏にある日陰《ひかげ》になっているベンチに、美しい少女が座《すわ》っている。

「雛子、もう終わってたのか」

「ん。……ぶい」

雛子は人差し指と中指で、Ｖサインを見せた。

ビクトリーのＶ……つまり勝利したということだろう。

「どうする？　二回戦まで時間があるし、適当に回ってみるか？」

雛子がこくりと首を縦に振る。

下手に座り込《こ》んで、身体が冷えてしまうと次の試合に悪い影響が出そうだ。クールダウンも兼《か》ねて試合を見て回ることにしよう。

「ところで……伊月」

「ん？」

「……どう？」

立ち上がった雛子は、妙《みょう》に改まった様子でこちらを見た。

雛子はくるりと目の前でターンしてみせる。

何を見てほしいのか、俺は分からなかったが……しばらく考えて思いついた。

「そういえば、無事に痩《や》せたな」

「んぇあ……っ⁉」

あ、多分間違《まちが》えた——と思った時にはもう遅かった。

雛子は俺に近づき、爪先《つまさき》で俺の脛《すね》を蹴《け》る。

「で、で、デリカシー……っ‼」

「ご、ごめん。何か言ってほしそうだったから、そういうことかと……」

俺の脛を蹴った雛子は、二《に》の腕《うで》や腹を両手で隠し、体型が見えないようにした。

改めて、雛子が言ってほしかったことは何か考える。

わざわざ目の前でターンしたのだから、見た目に関することには違《ちが》いない。

それじゃあ、もしかして——。

「えっと……そのウェア、似合ってるぞ」

「……遅い」

どうやら自分が着ているテニスウェアを見せたかったらしい。

以前、一緒《いっしょ》に練習した時のウェアとはまた別物だった。今回は上も下も白色に統一しており、練習の時と比べると清楚《せいそ》な印象を受ける。

「前に褒《ほ》めたから、もういいかと思って」

そう言うと、雛子は微《かす》かに頬を赤らめ、

「……何度でも、褒めて」

呟《つぶや》くような小さな声で答えた。

その、どこか遠慮《えんりょ》したような……それでも気持ちを抑《おさ》えられない子供のような仕草を見て、俺は頷《うなず》いた。

まだまだ、雛子には俺の知らない一面がある。

◆

「色々やってるなぁ」

大勢いる観客たちに紛《まぎ》れて、俺と雛子は様々な競技を観戦した。

野球、バスケットボール、サッカーなど、俺のような庶民《しょみん》にとって馴染《なじ》み深《ぶか》い競技も行われている。

「できれば天王寺さんや大正の競技も見てみたかったけど……」

「……それなら、あっち」

雛子が校舎を指さして言った。

競技大会の運営本部。その手前に、大きなモニターがズラリと並べられていた。

「中継《ちゅうけい》か」

どうやら他の会場で行われている競技は、こちらのモニターで観戦できるらしい。

右上のモニターには、広大な山肌《やまはだ》が映っていた。よく見れば表面に緑色のマットが敷《し》かれており、その上をスキーで滑《すべ》っている生徒たちが見える。

『引《ひ》っ越《こ》しのタイショウ舐《な》めんなァァ!!』

スピーカーから、大正の大きな声が聞こえてきた。

『シバイヌヤマトをお願いしまーーすッ!!』

『佐山急便ファイトーーーッ!!』

三人の男子が、物凄《ものすご》い勢いで山を下っていく。

サマーゲレンデだからそんなにスピードは出さないと、大正は言っていたが……どう見ても全速力である。

「ほぉ、今年はそちらのご子息が勝ちそうですな」

「いやいや、そちらのご子息こそ随分鍛《ずいぶんきた》えたご様子で……」

「そう言えば次の営業所増設について揉《も》めたままでしたね。どうですか？　いっそこの試合の勝者が、目当ての立地をいただくというのは……」

スーツを着込《きこ》んだ男性たちが、モニターを見ながら物々しい様子で会話している。

恐《おそ》ろしい空間に足を踏み入れてしまった。

少し離《はな》れて他のモニターを見る。

すると、目立つ声が聞こえた。

『おほほほほほ！　おほほほほほほほ!!』

馬に乗った金髪《きんぱつ》縦ロールのお嬢様が、縦横無尽《じゅうおうむじん》に芝《しば》の地面を駆け巡《めぐ》る。

天王寺さんが、ポロで無双《むそう》していた。

「……楽しそうだなぁ」

「……輝《かがや》いてる」

汗を輝かせながら大活躍《だいかつやく》する天王寺さんに、雛子も小さく頷いた。

各々《おのおの》、競技大会を楽しんでいるらしい。

「成香の様子も見に行くか」

唯一《ゆいいつ》、このイベントを楽しめるかどうか分からない少女のことを思い出し、俺たちは剣《けん》道《どう》部門の試合が行われている体育館に向かった。

「小手ありッ!!」

体育館に審判の声が響く。

（成香は……いないみたいだな）

会場を見渡《みわた》しても成香の姿は見つからない。

壁《かべ》に張り付けてあるトーナメント表を見たところ、成香は順調に勝ち上がっているようだった。まあ、成香が勝ち上がることに関しては最初から疑っていない。

気になるのはやはり、周りから見た成香の評価だ。しかし成香がこの場におらず、更に試合も序盤《じょばん》であるため、流石《さすが》に今、成香の噂《うわさ》をしている者はいなかった。

「まだ、俺たちの試合までは時間があるな」

会場の時計を見て言う。

校舎裏のベンチからは離れてしまった。今更戻《いまさらもど》ってそこで休憩《きゅうけい》というのも面倒臭《めんどうくさ》い。

「……教室でも、休憩できると思う」

「そうなのか。じゃあ折角だし行くか」

ん、と頷く雛子と共に、俺は校舎の中に入った。

雛子の言う通り、教室の中で休憩している生徒も何人かいた。とはいえ殆どの生徒は先程の俺たちのように、競技大会の観戦を楽しんでいるのだろう。教室は外の騒《さわ》がしさと隔《かく》絶《ぜつ》されており、観戦を一通り楽しんで落ち着きたい人たちの辿り着く場所だった。

「あ、あの、此花さん！」

廊下《ろうか》を歩いていると、教室から出てきた女子生徒が雛子に声を掛《か》けた。

見たことのない生徒だ。雛子も俺と同じような反応をする。

だが、その生徒は勇気を振り絞《しぼ》った様子で雛子を見ていた。

多分、雛子に憧《あこが》れている生徒の一人だろう。

「遠慮してもらうか？」

「……ううん、行ってくる」

そっと尋《たず》ねると、雛子は首を横に振った。

「都島さんも……頑張ってるから」

そう言って雛子は、女子生徒のもとへ向かった。

試合凄《すご》かったです！　感動しました！　今年も優勝目指しているんですか!?　などなど、色んな台詞《せりふ》が聞こえる。

邪魔《じやま》しちゃ悪いと思い、俺は階段を上って雛子たちから見えない位置へ移動した。

「伊月？」

上の階の廊下から、外の景色を眺《なが》めようとしたら、誰《だれ》かに声を掛けられる。

「成香？」

そこには、袴姿《はかますがた》の成香がいた。

「成香も休憩中か？」

「ああ。今は試合の合間だから、散歩していたんだ」

どうやら似たような状況《じようきよう》らしい。

「無事に勝ち進んでいるみたいだな。……突《つ》き指《ゆび》は問題ないか？」

「全く問題ない。今年も優勝できそうだ」

「油断していると足をすくわれるぞ」

「油断はしていないさ。客観的に見ても、今日の私は調子がいいと思うぞ」

それはよかった。

話しながら、ふと俺は思う。

「こうして二人きりなら、簡単に話せるのになぁ」

「う……っ」

成香が気まずそうに視線を逸《そ》らした。

「で、でも、確実に進歩はしているぞ！　去年は人の目が気になって、こんなふうに散歩もできなかったし……」

「去年は何をしていたんだ？」

「……トイレに引き籠《こ》もっていた」

訊《き》くんじゃなかった……。

なんて悲しい話だ。

「試合までまだ時間があるなら、一緒に回るか？　此花さんもいるけど」

「回りたいのは山々だが……剣道は試合の回転が早いからな。難しそうだ」

それなら、仕方ないか。

まあ俺たちも一通り観戦が終わって、残った中途半端《ちゅうとはんぱ》な時間を潰《つぶ》しているだけだ。どのみち長い間、一緒にはいられなかっただろう。

「本当に、伊月には世話になっている。……伊月に相談しなかったら、きっと私は今でも競技大会が怖かったはずだ」

成香は改まった様子で言う。

しかし俺は、そんな成香の態度に頭を振った。

「俺のおかげじゃない。成香が頑張ってるんだ」

　成香が目を丸くする。

「此花さんも、成香の頑張りを認めている。……俺だけじゃなくて皆が、ここ最近の成香の努力を認めているんだ。だからもっと胸を張って――」

　そこまで口にして、ふと俺は違和感《いわかん》を覚えた。

　成香が頑張っているのは……ここ最近だけか？

「……いや、違うな」

　俺は、先程の言葉を訂正《ていせい》する。

「今までも、頑張ってきたよな」

「――っ」

　成香が目を見開く。

　どうして俺は今までこれを言わなかったのだろう。

　肯定《こうてい》するのは今だけではない。

きっと成香は、俺の知らないところでも頑張ってきたのだ。

今までも頑張ってきたからこそ、こんなふうに悩《なや》んでいる。

「だったら尚更《なおさら》、俺のおかげなんかじゃない。……成香は俺の知らない頃からずっと頑張ってきた。その分が今、ようやく実っているだけだ」

あっさり挫《くじ》けて、他人に期待することをやめて、孤独《こどく》に生きる道だってあるはずだ。

なのに成香は、その道を選ばなかった。

それは成香が弱いからだろうか？

違う。きっと逆だ。

散々誤解されて、不憫《ふびん》な目に遭《あ》って、それでも努力したらなんとかなると希望を持ち続けた成香は……間違いなく、強い心の持ち主だ。

「よく頑張ったな。……色んな誤解をされてきたのに、よく諦《あきら》めなかった」

胸中にある感情が、身体を突き動かした。

目の前にある小さな頭を、優《やさ》しく撫《な》でる。

「う、うう……っ」

成香の口から、嗚咽《おえつ》が漏れた。

「……成香？」

「な、なんでもない。……し、しばらく、こっちを見ないでくれ」

そう言って成香はこちらに背中を向けた。

「ズルい……い、伊月は、本当に……不意打ちが大好きだな……っ」

「……ごめん」

それが、俺を責めるための言葉でないことくらい、ちゃんと分かっている。

成香の背中が、小刻みに震《ふる》えていた。

しばらく待っていると、成香がこちらを振り向く。

「落ち着いたか？」

「……ああ」

多少目元が赤いが、落ち着いたのは本当らしく、成香は真《ま》っ直《す》ぐこちらを見ていた。

「少しずつ、成香にとっての特別が増えればいいいな」

「……特別？」

「以前、俺だけ特別に感じると言っていただろ？　だから、俺みたいな相手をどんどん増やせたらいいなと思って」

成香が俺のことを特別と言ってくれた時は驚《おどろ》いたが、きっと深い意味はないだろう。要するに、成香にとっては今のところ、俺だけ特別に信頼《しんらい》できるのだ。

なら、最終的にはそれが特別ではなく当たり前になればいい。

今はあと一歩足りないという状況だが、成香なら上手くやっていけるだろう。

「伊月、それは……」

成香が何か言おうとした。

しかし、そこで俺はふと下の階にいる雛子のことを思い出す。

「悪い。近くで此花さんを待たせてるから、そろそろ行かないと」

思ったより話し込んでしまった。

流石に雛子の方も話は終わっているだろう。この辺りで合流した方がよさそうだ。

踵《きびす》を返し、下の階に向かう。

しかしその途中《とちゅう》……ぐい、と服を引っ張られた。

「……待ってくれ」

成香が、俺の服を両手で掴《つか》んだ。

「成香……？」

◇

自分の名前を呼ぶ伊月の顔を、成香は直視できなかった。

ほぼ反射的に、伊月を引き留めてしまった。我に返った時にはもう遅《おそ》い。伊月が不思議そうな顔でこちらを見ているのが分かるので、成香は慌てて顔を伏《ふ》せた。

いつもなら、何もせずに見送っていたはずだ。

今からでも遅くない。「なんでもない。またあとで」と一言伝えれば、それで何事もなかったかのように、今まで通りの日常に戻れる。

でも……呼び止めなければいけないと思った。

その誤解だけは――解かなければいけないと思った。

「えっと、まだ落ち着いてなかったか？」

伊月が困惑《こんわく》しながら言う。

「……違う」

成香は顔を伏せながら、首を横に振った。

「違うぞ、伊月。……それは、違うんだ」

落ち着いていないことに対して、否定しているわけではない。

成香は、先程の伊月の発言を否定したかった。

「伊月のおかげで、私は色んな人と話すことができるようになった」

訥々と、成香は語る。

「此花さんに、天王寺さんに、大正君に、旭さん……それに最近は北君とかも、話せるようになったんだ」

伊月が頷いた。

「でも、私にとって伊月は——」

そこまで言って、成香は気づいた。

ああ、そうだ。やっぱりそうだ。

他の誰かの名前を口にしても、この感情は湧かない。

伊月の名前を口にした時だけ心が温かくなる。

安心と、信頼と、それから——どうしようもなく幸せで切ない気持ち。

きっとそれが切ないのは、自分自身にコンプレックスを感じているからだ。

自分は伊月に面倒《めんどう》をかけてばかりだ。

自分は伊月に心配されてばかりだ。

これ以上、伊月に迷惑《めいわく》はかけたくない。

だからこの気持ちは、もう少し成長するまで我慢《がまん》していようと思った。

それでも……抑えきれない。

いや、今だけは抑えちゃいけない。
ここで言わなければきっと後悔《こうかい》する気がした。
だって、伊月は鈍《にぶ》いところがあるから。
ちゃんと伝えなければ——届かない。
「い、伊月！　私は……私は、だな……っ‼」
顔を上げて、伊月の顔を見る。
伝えたいことは山ほどあるのに、上手く言葉が出なかった。
自分の口下手さが本当に嫌になる。
それでも、伊月はじっと待ってくれていた。
——その優しさだ。
その優しさは、他の誰にもない、伊月だけの優しさだ。
幼い頃から今にいたるまで、感じていたから分かる。それは掛け替《が》えのないものだ。
だから、都島成香は、そんな伊月のことが————。
「私は……伊月だけだっ！」
感情が先走った。
それでも、きっと伊月なら待ってくれるだろう。

信頼が背中を押《お》す。

想《おも》いが言葉になって溢《あふ》れ出る。

「仮に、私がこの先、どれだけの友達を作ったとしても……私にとっての特別は、伊月だけだ！　──未来永劫《みらいえいごう》、伊月だけだ！」

顔が燃えるように熱い。

言葉に収まり切らない感情が、涙《なみだ》になって零《こぼ》れ落ちた。

「だから、伊月みたいな相手は、絶対に作れない……。それだけは、どうか、忘れないでほしい……っ！」

胸中にあった感情が、少しずつ鎮《しず》まる。

昔も今も、この気持ちだけは同じだ。だからきっと未来でも同じだ。

きっと伊月は困惑しているだろう。

申し訳ないと思う。でも、後悔はない。

成香にとって──これだけは、伝えておかなければならないことだった。

◆

成香と別れた後、俺《おれ》は階段を下りる前に背後を振り返った。

既《すで》に成香はそこにいない。……いたところで、どう声を掛ければいいのか。

成香の真剣《しんけん》な面持ちが、目に焼き付いていた。

階段を一段一段下りても、自分が歩いている実感がない。浮遊《ふゆう》感にも似た……まるで夢の狭間《はざま》に迷《まよ》い込んでしまったかのような気分だった。

「……伊月?」

ふと誰かに声を掛けられる。

「雛子、か」

いつの間にか、目の前には雛子が立っていた。

無意識に雛子がいるところまで歩いてきたらしい。

「……どうしたの? ぼーっと、してたけど」

「いや、別になんでも……」

答えかけて、ふと口を止める。

なんでもなくはないだろう。

これを、なんでもないと表現することはできない。

「……ちょっと、大事なことがあったんだ」

「大事……？」

「ああ。……凄く、大事なことが」

俺にとっても、成香にとっても。

あの短い会話はとても大事なことだった。

（どうか、忘れないでほしい……か）

忘れるわけがない。

それこそ、未来永劫……今日のことは覚えているだろう。

「……責任重大だな」

俺だけが特別……か。

どうやら俺は、いつの間にかとんでもない特等席に腰《こし》を下ろしていたようだ。

きっと成香にとっても整理しきれていない感情だったのだろう。そしてそれを聞いた俺自身、まだ成香の言葉を上手く解釈《かいしゃく》できていない。

それでも成香は、これだけは伝えなくちゃいけないと思って告げたのだ。

その想いは決して無下にできない。

「……よし」

気持ちを切り替える。

向き合わなくちゃいけないことは山積みだ。

今の俺は雛子のお世話係である。目の前の物事から視線を逸らすのはよくない。

「そろそろ二回戦が始まるよな。戻《もど》るか」

「ん」

俺たちは再びテニス部門の会場へ向かった。

予想通り、そろそろ二回戦が始まろうとしていた。あと十分遅ければ不戦敗になってしまったかもしれない。俺はともかく雛子がそうなれば、色んな人に迷惑をかけてしまう。

「それじゃあ雛子、またあとで」

「ん……伊月も頑張って」

雛子と別れ、コートに入る。

試合を始める前に、対戦相手とネットを挟《はさ》んで握《あく》手《しゅ》する決まりだ。俺はラケット片手にネットの方へ向かう。

「相変わらず、取り入るのが好きだな」

目の前に、見知った男子が立っていた。

「お前は……」

忘れもしない。

以前、成香に冷たい態度を取り……俺が貴皇学院の人間関係について悩む切っ掛けになった男だった。

複雑な心境のまま握手して、サーブの選択権《せんたくけん》を決める。

「ワンセットマッチ、プレイ！」

今回はレシーブからスタートだ。

鋭《するど》いサーブを辛《かろ》うじて返しながら、俺は数日前のことを思い出す。

この男のおかげで、俺は自分の立ち位置について考えを改めることができた。それ自体は寧《むし》ろ感謝したいことだ。

しかし、成香に対してあのような冷たい態度を取ったことは……まだ許せない。

たとえ実家を慮《おもんぱか》った結果だとしても、それが誰かを傷つける理由にはならないはずだ。

「お前にだけは、負けてたまるか……っ!!」

サービスゲームは取られた。

ならこちらも、死んでもサービスゲームは落とさない。

技術は向こうに分があるようだが、体力は俺の方が勝っているようだった。無理して決めようとせず、粘《ねば》り続けることで相手のミスを誘《さそ》う。

「しぶといな……っ!!」

男は焦《あせ》り始め、ミスが増えた。

こちらの体力も限界に近い。それでも——。

——私にとっての特別は、伊月だけだ！

成香の言葉が頭の中で反芻《はんすう》される。

俺は、成香に対して冷たい態度をとったこの男に、せめて一矢報《いっしむく》いたいという気持ちがあった。それは成香のためではなく、完全に俺自身のためだ。

それでもいいんだと言われたような気がした。

俺は成香に、他人行儀《ぎょうぎ》ではいられない。

試合は拮抗《きっこう》し、タイブレークまで持ち込み、そして——。

「ゲームセット！」

試合が終わる。

結果は……ギリギリで俺の勝ちだった。

「はぁ、はぁ……お前、やるな……」

「それは、どうも……」

最後に俺たちは、再びネットを挟んで礼をした。

共に汗《あせ》を流したからか、或《あ》るいは疲労のあまり怒《いか》りが消えたのか、今はこの男に対する嫌《いや》な感情がない。

「なあ、一つだけ教えてくれよ」

男は肩《かた》で息をしながら口を開く。

「お前……此花さんと、どういう関係なんだよ」

その問いに、俺はしばらく言葉が詰《つ》まった。

どこか気まずそうで、恥《はじ》を忍《しの》んだその様子に……俺はある可能性に気づく。

「ええと、もしかして……貴方《あなた》は、此花さんのことを……？」

「……いいから答えろよ」

男は気まずさを紛らわすかのように言った。

今すぐぶっ倒れて寝《ね》てしまいたいほど疲れているが、なんとか頭を回す。

「親同士の繋《つな》がりがあるだけです」

「知ってる。でも、此花グループの関係者なら他にも沢山《たくさん》いるだろ。なのにお前だけ、妙に親しく見える」

俺と雛子が親同士の繋がりであることを知っているあたり、この男子は多分、俺と雛子の関係性をちゃんと調べたのだろう。

予感が確信に変わる。

多分、この男子は雛子のことが好きなのだ。

だから特別、俺のことを知っているし、目の敵にしていたのかもしれない。

「誰にも言わないでください。……実は親の指示で、此花家で働いているんです」

「使用人？」

「行儀見習いみたいなものです。俺はあまり、上流階級の振《ふ》る舞《ま》いに精通していませんから、此花家でお世話になっています」

実際には俺がお世話する側だが。

多少の嘘《うそ》は含《ふく》んでいる。それでも、何も言わないよりは事実に近い。

「……そうか」

男は納得《なっとく》した素振《そぶ》りを見せ、

「友成。……敢《あ》えて、言う」

男子は、難しい顔で告げた。

「俺は、お前のことが好きになれそうにない」

「……残念ですが、分かりました」

問題ない。そりゃあそうだろう。

この男子にとって、俺は恋敵《こいがたき》のように見えているのだから。

「でも……都島さんには、後で謝《あやま》っておく」

そう言って、男はコートの外に出て行った。

最後の一言だけ驚きだったが……向こうも罪悪感はあったのだろう。それを知ることができただけでも満足だ。

成香に冷たくしていたあの態度は、純粋《じゅんすい》な悪意ではなかった。

コートから出た俺は、再び校舎裏のベンチで雛子と合流した。

「雛子も、勝ったのか」

「ん」

雛子はまた指でVサインをする。

俺と違って体力にまだ余裕《よゆう》がありそうだ。

「伊月……大丈夫《だいじょうぶ》？」

「なんとか……いや、正直に言うとちょっと休みたい……」

ベンチに腰を下ろし、静かに息を吐《は》いた。

テニスは見た目以上にハードなスポーツだ。広いコートをたった一人で走り続けなければならない。しかも先程《さきほど》の試合は一時間もかかったので心身ともに疲《つか》れている。

なので、できればしばらく休みたいが……。

「……三回戦、すぐだけど」

「……え？」

顔が引き攣《つ》った。

後に気づくが、トーナメント戦は勝ち進むにつれて残っている選手が減るため、それだけ試合のペースが速くなるのだ。

コートが余ったので、俺はすぐに三回戦へ臨《のぞ》んだ。

試合の結果は――。

「……どんまい」

「はぁ、はぁ、はぁ…………く、くそぉ……」

三回戦の相手は強敵だったらしく、手も足も出ないまま負けてしまった。

ちなみにそれから更《さら》に数時間後、雛子は普通《ふつう》に優勝した。

◆

競技大会・テニス部門が終了《しゅうりょう》する。

女子の部で優勝した雛子は、受け取った賞状を静音さんに渡《わた》し、こちらに戻ってきた。

「ふぃー……疲れたぁ」

試合が終わったことで、雛子は肩の力を抜《ぬ》いていた。

このまま二人でのんびりするのも悪くないが……今日だけは、もう一人の少女のことがどうしても気になる。

「雛子。剣道部門を観《み》に行ってもいいか？」

「ん。……私も、気になる」

雛子も成香のことが気になっているようだ。

例年通りだと、テニス部門よりも剣道部門の方が早く終わるはずだ。だからひょっとしたら、既に剣道部門も終わっているかもしれないが、念のため様子を見に行く。

体育館を訪《おとず》れると、まだ剣道の試合が行われていた。

（思ったより、試合の進行が遅いな）

トーナメント表を確認《かくにん》すると、今は準決勝を行っているらしい。

「あの、何かあったんですか？」

試合の進行が遅いことについて、俺は近くで観戦している男子生徒に尋ねた。

その男子は一瞬《いっしゅん》驚《おどろ》いたが、すぐに説明してくれる。

「途中で空調のシステムにトラブルが起きて、試合を中断していたんだ。だから剣道だけ

「進行が遅《おく》れているみたいだね」

なるほど……。

どうりで人も集まっているわけだ。

他の部門は大体終了しているのだろう。暇《ひま》を持て余した生徒たちが、次々と体育館に集まっている。

「──勝負あり！」

試合が終了した。

次に行われるのは、もう一つの準決勝だ。

試合場に、見知った少女が現れる。

「……成香」

黒い髪《かみ》を一つに結ぶ、凛《りん》とした表情で佇《たたず》む少女がそこにいた。

しかし、そんな成香はふとこちらを見る。……雛子が目立っているため、隣《となり》にいる俺も

容易に見つけられたのだろう。

「っ」

目が合った瞬間《しゅんかん》、成香はすぐに顔を逸らした。

その頬《ほお》は赤く染まっている。……勿論《もちろん》、俺も似たような顔をしていた。

「……伊月。都島さんと何があったの？」

「い、いや、気にしないでくれ」

「怪《あや》しい……」

じっとりとした目で雛子が睨《にら》んでくるが、俺は黙秘《もくひ》するしかなかった。

視線の先で、成香が慣れた動作で手拭《てぬぐ》いを巻く。

深呼吸した成香の双眸《そうぼう》が——スッ、と細められた。

（……あの集中力も、成香の魅力《みりょく》だな）

成香の頭の中で、スイッチが切り替わった。

天王寺さんが醸《かも》し出す気品とはまた別種の、覇気《はき》と言っても過言ではないオーラを成香は纏《まと》う。今の成香は、同世代とは思えないほど貫禄《かんろく》に満ちていた。

「——始め！」

審判《しんぱん》が試合開始の合図をする。

成香とその対戦相手は、静かに互《たが》いを牽制《けんせい》していた。

（調子は……問題なさそうだな）

数時間前の、廊下での会話を思い出す。

あれで調子が崩《くず》れるかもと懸念《けねん》していたが、その心配は無用だった。むしろあれで吹《ふ》っ切れたのか、成香の動きには一切《いっさい》の迷いがない。

「ねえ。都島さんって、もしかしてお友達がほしいのではないかしら？」

その時、近くから話し声が聞こえる。

「え、どうして？」

「B組の知り合いが、最近、都島さんが友好的になったと話していたのよ。よく考えれば今までもそういう素振りはあったたし、ひょっとしてと思って……」

「うーん、でもなぁ……」

友好的になったも何も、成香は最初から友好的である。

しかしそんな成香の本心は伝わっていない。

「あれって、噂の都島さん……？」

「見た目通りの、怖《こわ》そうな人だな……」

やはり成香は有名人なのだろう。

じっとしているだけで、色んな人の話し声が聞こえる。

（やばい……人が増えたせいで、成香に対する空気が……）

成香はここ数日の努力によって、ある程度、自身のイメージを変えることができた。

しかしその新たなイメージは、まだ学院全体には浸透《しんとう》していない。成香を好意的に受け入れ始めている生徒は、まだ全体の中では少数派だった。

続々と人が集まる体育館で、成香は竹刀《しない》を縦に振る。

「勝負あり！」

多すぎる観客たちの中、成香は勝利した。

成香は一瞬《いっしゅん》だけ観客たちの方を見る。

ひょっとしたら――去年とは違《ちが》う反応があるかもしれない。そんな期待があったのだろう。しかし現実は酷薄《こくはく》だ。観客たちは成香のことを恐《おそ》れ始めていた。

成香は控《ひか》え室《しつ》に戻る。その背中は、思わず目を逸らしたくなるほど寂《さび》しそうだった。

――どうしてこんなことに。

今の成香は、目に見えて分かるほど調子がいいじゃないか。

鮮《あざ》やかな勝利だったじゃないか。

なのになんで、こんな空気になってしまうんだ……。

次は決勝戦。

また、去年の二《に》の舞《まい》になってしまうのだろうか。

（……一つだけ、思いついた）

成香がもう怖がられなくなるための、確実な方法を一つだけ思いつく。

天王寺さんが発案した、ノブレス・オブリージュ作戦を思い出す。あの作戦の肝《きも》は、成香が活躍《かつやく》するのではなく、他人に活躍する場面を譲ることだった。

なら……今回も同じことをすればいい。

そもそも成香が去年の大会で怖がられたのは、圧倒的《あっとうてき》に勝利してしまったからだ。

ならばいっそ、負けてしまえば……。

「勝ちを、譲れば……」

「……その発想はなかったな」

無意識の呟《つぶや》きに、返事が聞こえた。

驚いて振り返ると、目の前に成香がいた。

「成香、いつの間に……」

「さっきからいたぞ。伊月が真剣な顔で何かを考えていたから、声を掛《か》けずに待っていたんだが……」

成香は、乾《かわ》いた笑《え》みを浮《う》かべる。

「わざと負けて、自分を弱く見せるか。……その発想はなかったな」

成香は「ふむ」と、妙《みょう》に聞き分けのいい態度で頷《うなず》いた。

だが俺には、平静を装《よそお》っているだけにしか見えなかった。

「成香。今のはただの、一つの案というだけで……」

「問題ない、上手《うま》くやってみせるさ。手加減は、できないわけではないからな」

そう言って成香は控え室へ向かう。

これから決勝戦だというのに、俺は応援《おうえん》の一つもしてやれなかった。

確かに成香は、道場で手合わせした際、手加減は好きではないと言っていた。苦手というわけではなく、その気になれば可能なのだろう。

しかし俺にとっては、好きではないということ自体が問題のように感じた。

俺は成香に、好きではないことをやらせるつもりなのか……？

「──始め！」

審判の声を聞いて、俺は弾《はじ》かれたように顔を上げた。

悩んでいる間に決勝戦が始まってしまった。

緊迫《きんぱく》した空気の中、成香の動きがいつもより鈍いことに気づく。

「あれ、都島さん……」

「なんだか調子が悪そうだな」

観客たちも成香の様子がおかしいことに気づいた。

「……っ!!」

成香は一方的に打ち込《こ》まれている。

間違《まちが》いない。

成香は……負ける気だ。

(俺は、どうすればいい……?)

相手選手が一本先取する。しかしその後、成香も取り返す。

拮抗しているように見せかけているのは演技のつもりか。剣道《けんどう》は三本勝負。次の一本を取られたら成香の敗北が決定する。

理性的な自分と本能的な自分が鬩《せめ》ぎ合っていた。

成香が怖いという印象は、成香が強いという印象と結びついている。だからその強さが偽物《にせもの》であると発覚すれば、怖いという印象も薄《うす》れるに違いない。

しかも――成香は今、突《つ》き指《ゆび》しているのだ。

準決勝であっさり勝っていたので忘れていたが、成香は指に包帯を巻いている。怪我《けが》をしているなら負けることもあるだろう……周りの人たちもきっとそう思うはずだ。

成香が負けるための材料は十分整っていた。

この作戦は、きっと上手くいく。

けれど、どうしても嫌な気分が拭《ぬぐ》えない。

俺は何を望んでいるのだろう……？

成香が色んな人に認められてほしい。

その思いに嘘はない。

成香に、好きでないことをやってほしくない。

その思いにも嘘はない。

「伊月は……どうしたいの？」

周りの人たちには聞こえないよう、静かに雛子が訊《き》いた。

まるで、俺の心を見透《みす》かしているかのように……俺の心を代弁するかのように。

「俺は……」

沸々《ふつふつ》と湧《わ》き上がる自分の感情を整理しながら口を開く。

「俺は成香の、武道に対して真摯《しんし》なところが好きだ。自分の弱いところを知っていて、だからこそ得意なことには誇《ほこ》らしくありたいという……その生き方が好きだ」

生き方、なんて言うと仰々《ぎょうぎょう》しく聞こえるかもしれないが。

頭の中のモヤモヤを、言葉に出して吐き出すと幾分《いくぶん》か気持ちもスッキリした。

（……そうか）

その気高さには、覚えがある。

背負った重責に苦しみながら、それでも自分の幸せを懸命《けんめい》に探そうとする雛子。家の品格を守るため、常に優雅《ゆうが》に振る舞おうとする天王寺さん。

成香の気高さは、彼女《かのじょ》たちと同じだ。

人並みの……ひょっとしたら人並み以下かもしれない弱さを自覚しているからこそ、自分の中にある強さには誇らしくあろうとする。

切っ掛けは俺の発言だったかもしれないが、成香は今、それを自分の力で示していた。

弱さを背負っても、強く在ろうとする。

都島成香は、お嬢様なのだ。

「……多分、大丈夫」

雛子は、真っ直ぐ俺の顔を見つめて言った。

「もし、都島さんが勝って、変な空気になっても……伊月が最初に褒《ほ》めれば、それで全部解決すると思う」

「それは、どういう……」

そんな俺の疑問には答えず、雛子は続ける。

「だから、伊月は……ちゃんと、自分の言葉を伝えて」

雛子は柔《やわ》らかく笑みを浮かべて言った。

その瞬間、決意が固まる。

雛子の言う通りだ。俺はまだ、俺自身の気持ちを成香に伝えていない。

これから成香が友達を作るなら、ここで負けた方がいいかもしれない。

でも、それは俺が嫌だった。

俺の好きな成香はそうじゃない。

――成香が、俺のことを特別だと言ってくれたように。

――俺も、成香のことを特別だと言いたいのだ。

たとえこの気持ちがエゴだったとしても……いや、エゴだからこそ、これが紛《まぎ》れもない俺の気持ちなのだ。

成香には、その辺にいる凡人《ぼんじん》であってほしくない。

俺の好きな都島成香という少女は、凄《すご》くて、かっこよくて――もっと強い人なんだ。

「成香！」

竹刀を構えているのに、今にも弾《はじ》き飛ばされてしまいそうな弱々しい成香に俺は叫《さけ》ぶ。

下手したら今までの努力が全て無に帰すかもしれない。

その時は、また一から協力させてもらおう。

この作戦だけはよくない。どうしても俺は認めたくない。

だから――。

「思いっきり、やっちまえ――っ!!」


瞬間、成香の全身から闘志《とうし》が溢れ出した。

先程までの弱々しい態度が消え、機敏《きびん》に、そして果敢《かかん》に踏《ふ》み込む。

「――ッ!?」

相手の生徒が驚愕《きょうがく》した。

無理もない、今までの劣勢《れっせい》が一瞬で覆《くつがえ》ったのだ。

相手は慌《あわ》てて小手を繰《く》り出すが、成香はそれを瞬時《しゅんじ》に見切って受け流す。

ドン、と大きな音が響《ひび》いた。

力強く床《ゆか》を踏み締《し》めた成香が、竹刀を真《ま》っ直《す》ぐ振り下ろす。

「めぇぇぇぇぇん――ッッ!!」

裂帛《れっぱく》の気合と共に、成香の竹刀は相手の面を叩《たた》いた。

身体の奥底《おくそこ》が震《ふる》える。ただ怖いわけではない。怖いと感じてしまうほどの強さ――真剣さが、今の成香にはあるのだ。

それが俺の思う、成香の魅力だった。

成香のかっこよさだった。

「勝負あり！」

審判が告げる。

競技大会、剣道部門の決勝戦は……成香の圧勝だった。

竹刀を持った二人の生徒が、向かい合い、礼をする。

素人《しろうと》でも分かる。成香は桁違《けたちが》いの強さだった。

そのあまりの実力が恐ろしさに繋がり、会場にいる生徒たちは口を閉ざした。

その沈黙《ちんもく》を打ち破るべく――俺は拍手《はくしゅ》する。

空気を読むことよりも、成香に寄り添《そ》う方が今の俺にとって大事だ。

たとえ俺以外の全員が沈黙していたとしても……俺だけは、成香の味方であることを伝えてみせる。

しかし、その時。

隣からも、パチパチと拍手の音が聞こえた。

雛子が上品に拍手する。

すると今度は、少し離《はな》れたところからも拍手が聞こえた。

旭さんが、北が、住之江さんが、俺がテニスで対戦した男子が……拍手している。

いつしか——会場全体で拍手の音が響いていた。

「なあ、今のって……凄いよな？」

「そうだよな。俺、びっくりしちゃって……」

「私も、最初はちょっと怖いって思ったけど……」

拍手に紛《まぎ》れて、生徒たちの話し声が聞こえた。

それは、俺たちがずっと待ち望んでいた——成香の印象が変わる瞬間だった。

「都島さんって、凄いな」

拍手が鳴り止《や》まない。

その中には間違いなく、成香を称賛《しょうさん》する声もあった。

会場の中心で、面を外した成香は目を見開いて硬直《こうちょく》している。驚《おどろ》きのあまり開いた口が塞《ふさ》がらないようだ。

しかしやがて、成香は目尻《めじり》に涙を浮かべ、

「……ははっ」

心の底から嬉《うれ》しそうな顔をした。

「ほら……私の、言った通り」

雛子は、むふー、とドヤ顔で言う。
「伊月のことは、私が一番知ってるから……」
意味はよく分からなかったが、その通りだと思った。
雛子を信じて、叫んでよかった。
この会場に成香を拒《こば》む空気はない。
成香は――勝ったのだ。

エピローグ

競技大会の翌週。

「あの、都島《みやこじま》さん」

「な、なんだ？」

成香《なりか》を取り巻く環境《かんきょう》は目に見えて変化していた。

放課後。B組の教室に近づくと、今日も成香が誰《だれ》かに声を掛けられている。成香はやや困惑《こんわく》しつつも、ゆっくり、丁寧《ていねい》に対応していた。

（これでもう、安心だな）

色んな人に声を掛けられる成香を見て、安堵《あんど》する。

競技大会が終わったばかりだから、特別声を掛けられているようにも見えるが、これで成香の近寄りがたい雰囲気《ふんいき》は軟化《なんか》したはずだ。

まだ声を掛けられる度《たび》に驚いているが、あれはもう生来の性格だろう。

あの人見知りも、いつか直ればいいんだが……。

「おい。都島さんって、なんか色々噂《うわさ》になってる人じゃなかったか？」

その時、廊下《ろうか》を歩く二人の男子たちの会話が聞こえた。

「……噂は嘘みたいだぞ。普通に友人もいるようだし」

「え、そうなのか」

こっそり振り向くと……そこにいたのは競技大会で俺《おれ》と対戦した男子だった。

成香に冷たい態度を取り、雛子《ひなこ》への好意を隠《かく》していたその男は、今、成香の誤解を解く発言をしていた。

驚いていると、一瞬だけ目が合う。

軽く頭を下げると、その男子は何事もなかったかのように去って行った。

「伊月《いつき》！」

B組の教室から、成香に呼ばれる。

こっそり覗《のぞ》き見るだけで離れようと思ったが、バレてしまったようだ。

「忙《いそが》しそうだな」

「ああ、実はクラスメイトが剣道を始めたいと言っていてな。練習に付き合ってほしいと頼《たの》まれたから、スケジュールを相談していたのだ」

成香は楽しそうに言う。

「十中八九、成香の影響《えいきょう》だな」

「そ、それは分からないが……そうだと、嬉しいな」

「今までのイメージが間違っていただけで、これが本来の在り方だ。もっと胸を張ってもいいと思うぞ」

成香は恥《は》ずかしそうに視線を下げた。

俺としては、まだ褒め足りないくらいだ。

「実際、決勝戦は本当に凄かったからな」

「そ、そうだろうか？」

「ああ。あれはもう……惚《ほ》れた」

「惚れたっ⁉」

「最高にかっこよかった。鳥肌《とりはだ》が立ったくらいだ。うちのクラスでもまだ話題になってるぞ。剣豪《けんごう》、ここに現るってな」

「あ、あぁ、そういう意味か……」

何故《なぜ》か成香は肩を落とす。

これから成香は、色んな人と関わるようになるだろう。

そしたら、こうして俺と成香が二人きりで話す機会は減るかもしれない。

なら、その前に……これだけは伝えなければならない。

「……忘れないからな」

ちゃんと、真剣《しんけん》に、俺は告げた。

「その……成香が、競技大会の日に言ってくれたこと、俺は忘れないから」

「え、あぅ……」

できるだけ成香の顔を真っ直ぐ見た。

すると成香は、顔を赤く染めて視線を逸《そ》らす。

「……なんで照れるんだ。成香が言ったんだろ」

「そ、それはそうだが、いざ思い出すと、恥ずかしくなってくるというか……」

成香の美しい黒髪《くろかみ》の隙間《すきま》から、真っ赤に染まった耳が出ていた。

多分、俺の耳も似たような色をしているのだろう。

恥ずかしそうにする成香を見て、俺は思わず呟いた。

「お互い、昔のままじゃないよな」

「そ、そうだ。……私だって、ちゃんと成長しているんだからな！」

頬の紅潮をそのままにして、成香は胸を張った。

(言われなくても、分かってる……)

さっきから、心臓が痛いくらい激しく脈打っているのだ。

成香はもう子供ではない。

時折、どうしようもなく俺を動揺《どうよう》させてくる、同い年の異性だ。

「あ、そうだ伊月。実は今、父が仕事でこの学院に来ているんだが……よければ話していかないか？」

十中八九話題を変えるための発言だったが、今回ばかりは俺もその流れを受け入れた。

しかし、その新しい話題はまた違う意味で難しいものだった。

「話と言われても……多分、俺は成香の父親には嫌《きら》われてるし……」

「む？　そんなことはないぞ？　この前も言ったが、父は伊月のことを気に入っている」

確かに成香はそう言っていたが、やはり俺には信じられない。

「不安なら私も一緒《いっしょ》に行こう」

成香は明るい声音《こわね》で言った。

情けないかもしれないが、正直心強い。

校舎を出て、体育館の方へ向かうと武蔵《むさし》さんを見つけた。体育館の備品について何か用事があったのだろう。

武蔵さんが、俺たちに気づく。

「友成《ともなり》伊月か」

「お、お久しぶり、です」

成香の家を訪れてから数日しか経《た》っていないので、久しぶりは間違った表現だっただろうか。……気持ちが萎縮《いしゅく》していると、ネガティブなことばかり考えてしまう。

と、そこで俺は武蔵さんの隣に着物の女性がいることに気づいた。

目が合うと、女性は静かに一礼する。

「都島乙子《おっこ》です。久しぶりですね」

「はい、お久しぶりです……」

成香の母だ。幼い頃《ころ》、会ったことがある。

背筋が真っ直ぐ伸《の》びており、所作の一つ一つが丁寧な女性だった。しかし成香のように凛としている雰囲気はなく、穏《おだ》やかで愛想《あいそ》の良さそうな印象を受ける。

乙子さんの醸し出す空気が、武蔵さんの厳《いか》めしさを和《やわ》らげた。

おかげで俺は落ち着きを取り戻《もど》し——。

(あれ……?)

ふと、疑問を抱《いだ》いた。

(そういえば……俺はどうして、武蔵さんのことを怖がっているんだっけ?)

見た目が恐ろしい。

言葉が厳しい。

過去、成香を連れ出したことで叱責《しっせき》された時の印象が根強く残っている。

見た目に、言葉に、印象……いずれも成香が誤解された原因と同じだ。

「あの、武蔵さん。俺、子供の頃、成香を外に連れ出したことで武蔵さんに叱《しか》られましたよね……？」

「叱る？」

武蔵さんが眉間《みけん》に皺《しわ》を寄せた。

「記憶《きおく》にない。寧《むし》ろ、礼を伝えたはずだ」

礼……？

そんな覚えはないが……これはどういうことだろうか。

「友成さん」

その時、武蔵さんの傍《そば》で沈黙していた乙子さんが口を開いた。

「信じがたいかもしれませんが、主人はとても口下手なんです」

「口下手……？」

「ええ。おかげで色々と苦労しています」

乙子さんは溜息《ためいき》を零《こぼ》し、武蔵さんの方を見る。

「あの日、あなたは友成さんに何と言ったのですか？」

「む……それは、確か……」

武蔵さんは過去の記憶を探《さぐ》った。

成香と勝手に外に出て、怪我をさせてしまった後、俺は武蔵さんに呼び出された。

怯《おび》える俺に、武蔵さんは――。

「今日は、娘《むすめ》を楽しませてくれてありがとう」

簡潔にそう述べ、

「……次はお前を楽しませてやる」

「ひえっ」

恐ろしい、悪魔《あくま》のような笑みと共にそう言った。

あまりの威圧《いあつ》感に思わず後退《あとずさ》ってしまう。

しかし、武蔵さんは途端《とたん》に不可解そうな顔をして、

「そう言うと……何故かお前は、怯えて走り去った」

心なしか、しょんぼりとしているようにも見える武蔵さん。

これは、まさか……。

「あの、それはこう、俺をボコボコにするとか、そういう意味では……」

「違います。誤解されがちですが、主人の発言に言葉以上の意味はありません」

武蔵さんに代わって、乙子さんが説明する。

武蔵さんの顔を見る限り、嘘《うそ》の様子はない。

つまり、本当に……言葉以上の意味はなかったのか。

（俺も……誤解していただけだったのか）

肩《かた》の力が抜ける。

次はお前を楽しませてやる——その言葉の真意は、成香に怪我させてしまった俺をボコボコにしてやるという意味ではなく、純粋《じゅんすい》に「今度来た時は君も楽しみなさい」という意味だったようだ。

記憶の中の武蔵さんはもっと怖くて、はっきりと俺を叱責していた。

しかしそれは、どうやら俺が勝手に生み出したイメージだったらしい。

武蔵さんは——口下手なだけで、心優《こころやさ》しい人だった。

学院の皆《みな》が成香のことを誤解していたように、俺は武蔵さんのことを誤解していた。

「ついでにお伝えしておくと、私たちは貴方《あなた》のことを、家の事情を意識して接するつもりはありません。貴方の母親とは……少々折り合いが悪いですが、それで貴方に冷たくする気はありませんよ」

「……ありがとうございます」

なんて心の広い人だ。

深く頭を下げる。

「武蔵さんも、すみませんでした。今まで誤解していて」

「いや……解けただけでも、十分だ」

武蔵さんは、微《かす》かに声音を弾《はず》ませて言った。

しかし、それならそれで疑問が残る。

「あの、この前、成香が弱いのは俺のせいだと言ったのはどういう意味なんでしょうか」

「それは……お前が成香に、人並みの振《ふ》る舞《ま》いを強《し》いようとしているから、そう見えているだけだと伝えたかった」

武蔵さんは語る。

「誤解は、いずれ解ける。学院を卒業すれば、そこから先は実力の世界だ。……下らない噂が入り込む余地はない。だからこのまま成長すれば、成香も私と同じように、多くの者に畏怖《いふ》される指導者になると判断していた。……元より、人並みである必要がない」

武蔵さんのイメージを払拭《ふっしょく》できたことで、俺はその発言の真意を今度こそ正確に理解することができた。

つまり、成香が周囲に恐れられているのは学院にいる間だけで、社会に出ればその恐れは畏怖に……即《すなわ》ち尊敬に近い感情へ変化すると、武蔵さんは確信していたのだ。

普通《ふつう》の生徒と比較《ひかく》すると、成香の人付き合いの寂しさが目立つ。だから俺は手助けしたが、武蔵さんはそもそも成香を普通の生徒と比較しなくてもいいと考えていたのだ。それは個性の尊重とも言えるだろう。

武蔵さんは武蔵さんなりに、成香の強さを理解していたのだ。

だから、そのままでいいと考えていたらしいが……。

（判断……して、い、た？）

それは、過去の話であるらしい。

「今は、これでよかったと、思っている」

武蔵さんは告げる。

「私は、優《すぐ》れた経営者になることだけを、考えて生きた。だが成香は、そうではないようだ。……お前たちを見て、それを学んだ」

そう言って武蔵さんは、俺と成香を見た。

成香はきょとんとしていた。しかし俺はその視線の意味を、なんとなく察した。

成香は一人ではなく、誰かと支え合って生きていくタイプなのだと、武蔵さんは理解したのだろう。その相手は俺ではなくてもいい。大正《たいしょう》でも、旭《あさひ》さんでも、天王寺《てんのうじ》さんでも、雛子でも……成香の隣《となり》には誰かがいた方がいいのだ。

「そういえば父上！　すっかり忘れていたが、何故、伊月が見舞《みま》いに来てくれることを教えてくれなかったんだ！　おかげで私は大層驚いたぞ！」

「それは……その方が、喜ぶと思ったからだ」

「喜ばないぞ！」

成香はぴしゃりと告げた。

武蔵さんの全身から醸し出されていた覇気が一瞬で消えた。心なしか、微かに肩を落としているように見える。

この人は、俺が思った以上に普通の父親なのかもしれない。

「前もって教えていたら、もっとおめかしできましたものね」

「母上の言う通りで――いいいいいいやっ⁉　ちが――違うぞっ！　べ、べ、別にそういうわけではないからな！」

成香が顔を真っ赤にしてこちらを見た。

はいはい、と俺は笑って受け流す。

「ところで話は変わりますが、友成さんは夏期講習に申し込みましたか？」

「夏期講習？」

乙子さんの問いかけに、俺は疑問で返した。

「貴皇学院《きおうがくいん》では毎年夏に、夏期講習を開催《かいさい》しているんです。先程《さきほど》、仕事のついでに資料を受け取りに行ったのですが……よろしければ一部どうぞ。予備がありますので」

資料を手渡《てわた》してくれる乙子さんに、俺は礼を伝えて受け取った。

どうやらキャンプに似たイベントがあるらしい。それだけでなく、有名な講師を呼んだ授業も行われるとか。

参加は自由で、事前に申し込む必要がある。

少し興味が湧いたので静音《しずね》さんに相談してみよう。

「開催地《かいさいち》は……軽井沢《かるいざわ》か」

定番も定番である。しかしその定番を享受《きょうじゅ》できるのは、案外一部の者だけだと思った。

（そう言えば、軽井沢って……）

昔の知り合い……同じ高校に通っていた一人の少女を思い出す。

確か高校一年生の時に、軽井沢のリゾートバイトをしていたと言っていた。新鮮《しんせん》な経験が積めて楽しかったと話していたし、今年も参加するのかもしれない。

夏期講習に参加したら、もしかしたら軽井沢で鉢合《はちあ》わせするかも――。

「……流石《さすが》にそれは考え過ぎか」

あとがき

坂石遊作です。

本書を手に取っていただきありがとうございます。

才女のお世話3巻はいかがだったでしょうか。

雛子、天王寺さんときて、今回は成香に関するお話になりました。


……はい、本編に関する話はこれで終了です。

以下、あとがきのスペースを埋めるためだけの、しょーもない話になります。

最近分かったんですが、僕があとがきを苦手としている理由は、「舞台裏を見せたら読者が萎えちゃうんじゃないか」という不安があるからでした。

こんな僕でも一応作家なので、作品を書く時は頭の中で「こんなテーマを書きたい」「読者の皆様にはこんな気持ちを抱いてほしい」みたいに考えています。しかしそれを改めて言語化して読者の皆様に伝えるというのは、なんだか作家である僕の個人的な価値観を押しつけているような気がして、ちょっと抵抗がありました。

たとえば映画を見ている時「あ、このシーンにはきっとこういう意図が含まれているんだな」と気づいてニヤニヤすることがあります。しかし後日、ネットのインタビュー記事などで監督が「このシーンはね、こういう意図があったんだよ」とはっきり伝えているのを見ると、強烈な正解を突きつけられたかのような感覚に陥ります。

作者本人のネタばらしは、紛れもない正解です。正解なので、それ以外の異なる解釈が同居できません。その不自由な感じが僕はどうにも苦手です。

かなり昔で、しかもどんな番組だったのか覚えていませんが（恐らく情熱〇陸）、とある若くて有名な画家が密着取材を受けていました。

ある日、カメラマンの一人がその画家に「この絵はどんなテーマで描かれているんですか?」と訊くと、その画家は「それは自分で考えろよ。横着すんな」と答えていました。非常に手厳しい発言だったので驚きましたが、もしかしたらあの画家も、似たような考えを持っているんじゃないかな……と思っています。というか、ひょっとしたらこの価値観は一般的で、他の作家の先生方も同様かもしれません。こんな細かい話題、人前で口にしたことがないので分かりませんが。

少なくとも僕は、作品に含まれた意図はなるべく自分で気づきたい派ですし、そしてそれが正解かどうか分からない曖昧な状態を好んでいます。……上手く表現できているか分かりませんが、正解が気になる状態を楽しんでいるんです。この状態が一番、想像力を掻き立てられて好きです。他人との議論も弾みますし。

話を戻しますが、僕はこんな面倒な性格なので、あとがきにも難儀していました。これを伝えたら読者が萎えちゃうかも、これを書いたら正解を押しつけちゃうかも……そんなふうに考えちゃって、同じ文量でも本編の十倍くらい時間をかけてあとがきを書いていました。実はこのあとがきを書くだけでも既に五時間くらいかかっています。

おかげでようやく自覚できました。「これが僕の作品に込めた想いだ――っ！」みたいな気持ちであとがきを書くのは、どうやら僕には向いていないみたいです。これからはもっと雑に、そして自由にあとがきを書きます。

……そう思ってふと過去のあとがきを見たら、２巻のあとがきがめっちゃ自由でした。そっかぁ、こういう路線でいけばよかったかぁ……と反省していますが、もう書き直したくないので今回はこれで通します。何事もまず真面目に入ろうとするのは僕の悪い癖です。最初の一歩で馬鹿になりたい。

【謝辞】
本作の執筆を進めるにあたり、編集部や校閲など、ご関係者の皆様には大変お世話になりました。担当様、３巻のテーマなど一緒に考えていただきありがとうございます。みわべさくら先生、今回も各ヒロインを可愛く描いていただきありがとうございます。ギャル成香、最高に可愛いです。完全に僕のイメージを飛び越えていきました。
最後に、この本を取っていただいた読者の皆様へ、最大級の感謝を。

HJ文庫 https://firecross.jp/
1002

才女のお世話 3

高嶺の花だらけな名門校で、学院一のお嬢様（生活能力皆無）を陰ながらお世話することになりました

2022年5月1日　初版発行
2024年2月14日　2刷発行

著者――坂石遊作

発行者―松下大介
発行所―株式会社ホビージャパン

〒151-0053
東京都渋谷区代々木2-15-8
電話　03(5304)7604（編集）
03(5304)9112（営業）

印刷所――大日本印刷株式会社

装丁――coil／株式会社エストール

Printed in Japan

ISBN978-4-7986-2823-3　C0193

ファンレター、作品のご感想お待ちしております

〒151－0053　東京都渋谷区代々木2－15－8
(株)ホビージャパン HJ文庫編集部 気付
坂石遊作 先生／みわべさくら 先生